CECI EST MON CORPS

DE LA MÊME AUTEURE

NE DITES PAS À MA MÈRE QUE JE SUIS HANDICAPÉE, ELLE ME CROIT TRAPÉZISTE DANS UN CIRQUE, Grasset, 2015.

CHARLOTTE DE VILMORIN

CECI EST MON CORPS

BERNARD GRASSET
PARIS

Photo de couverture : N. Maulvault

ISBN : 978-2-246-86295-6

C'était le 2 novembre 2020. Je revenais de la messe pour les défunts, le lendemain de la fête de la Toussaint. Quelques mois auparavant, j'avais perdu ma grand-mère et j'avais eu envie de déposer une bougie à son intention au milieu de toutes les petites flammes qui formaient une grande croix au pied de l'autel. J'avais invité un prêtre de ma paroisse et des amis à dîner, et étais accompagnée de la jeune fille étudiante qui s'occupait de moi. Le plat fumait encore sur la table, on venait de chanter un bénédicité que je ne connaissais pas (de toute façon je n'en connais aucun), et soudain : rien. Mon bras qui venait de piquer une bouchée de lasagnes dégoulinantes de mozzarella refusa catégoriquement de se soulever et de porter la fourchette à ma bouche. Il resta cloué sur l'accoudoir de mon fauteuil, incapable de prendre son envol, pareil à un vieil albatros aux ailes blessées. Un *albratros.* Mon cœur s'accéléra, ma gorge se serra, mes joues s'empourprèrent et mes convives disparurent dans un nuage de fumée qui me laissa seule avec cette certitude : je ne pourrais plus manger toute seule. C'était fini.

Ravalant mes larmes, je demandai à Chloé une gorgée de vin pour noyer la nouvelle avec un peu d'alcool et un sourire de façade. Mais mes amis n'étaient pas dupes, et leurs assiettes se vidaient généreusement tandis que la mienne restait intacte. Je cherchais une excuse : prétexter un petit appétit ou un mal de ventre soudain ? Je pourrais bien faire illusion ce soir mais pas éternellement, au risque de finir par mourir de faim. Non, il fallait me rendre à l'évidence, je n'allais pas pouvoir y échapper : je devrais désormais demander que l'on me donne à manger. Je venais officiellement de perdre un peu de ma superbe, moi la fille en fauteuil super dynamique qui prouvait constamment qu'on pouvait être handicapée mais avoir une vie professionnelle et sociale pleine de succès. Comment allais-je désormais m'alimenter dignement au bureau avec mes salariés, au restaurant avec des hommes d'affaires, ou à des soirées avec une foule de copains ?

C'était la première fois que je perdais une capacité physique vraiment importante et qui allait autant impacter ma vie relationnelle. N'ayant jamais marché, j'avais toujours eu conscience que le handicap devait être plus facile à vivre et à accepter quand « on a toujours été comme ça ». Certes ma maladie évoluait très lentement et m'avait contrainte à renoncer progressivement à quelques petits gestes plutôt anodins : jouer du piano, soulever une pinte de bière ou ma brosse de mascara. Des actes « non essentiels » comme les avait classifiés la période de confinement, si tant est que la privation de liberté puisse être appliquée à l'échelle corporelle. Mais manger, c'était radicalement différent. Je savais que cette fourchette de lasagnes resterait coincée dans ma gorge et gravée dans ma mémoire pour le restant de mes jours. Qu'il y aurait un avant et un après ce 2 novembre 2020.

*

Trois ans plus tôt j'avais accepté de participer à un traitement médical expérimental dans l'espoir de stopper l'évolution de ma maladie, voire de retrouver quelques forces. Quarante-huit heures à l'hôpital à intervalles réguliers, à m'ennuyer abondamment sous constante surveillance ponctuée de plateaux-repas déprimants, à attendre qu'on m'injecte un produit entre les lombaires avec une aiguille de vingt centimètres. Dans ces moments-là, j'aurais aimé être fumeuse pour avoir une « bonne » raison de descendre arpenter les allées de l'hôpital, mais fort heureusement, mon chien d'assistance India, qui avait le droit de séjourner avec moi, me servait d'alibi pour échapper autant que possible au crépi délavé et au tube de néon qui décoraient ma chambre.

Un jour, après une injection au bloc, je m'étais retrouvée dans une salle d'attente allongée dans mon grand lit roulant, perdue dans les draps jaunes, à côté d'un garçon d'une vingtaine d'années. Je sentais que, comme moi, la hâte de sortir au plus vite de cet endroit le dévorait, et un petit sourire éclaira son visage quand il aperçut India qu'il essaya de caresser depuis son brancard surélevé.

— J'adore les chiens… ça me rappelle le mien à la maison…

Considérant que cette confidence valait salutations et nous autorisait à faire connaissance, je consentis à me lier avec lui en attendant le moment où un brancardier viendrait mettre fin à notre amitié furtive. Ce chien était une mine d'alibis ; il permettait autant d'échappatoires que de rencontres.

— Ça fait longtemps que tu ne l'as pas vu ?

— Trois mois.

— Et… ça fait combien de temps que tu es là ? me risquai-je à demander, bien que pressentant la réponse.

— Trois mois, répondit-il sans lâcher India des yeux et des mains.

Ce jeune homme venait d'éradiquer tout droit de me plaindre. Moi qui avais l'impression de mériter une médaille de bravoure après avoir passé deux jours à l'hôpital, je ne pouvais pas imaginer comment on pouvait survivre à trois mois ici. Je n'osais pas lui demander ce qui lui était arrivé de peur de convoquer le passé traumatisant d'un accident ou l'avenir angoissant d'une maladie. Mais il devait avoir l'habitude car il me raconta spontanément.

— J'ai eu un accident. Je travaillais sur un chantier et un collègue a reculé avec le camion, il m'a pas vu, il m'a renversé et il m'a roulé dessus. Je suis paraplégique maintenant. Et j'ai une grosse plaie à la cuisse qui cicatrise pas, donc tant que ça cicatrise pas, on peut pas m'opérer du dos, et je peux pas m'asseoir. Donc ça fait trois mois que je suis allongé en attendant de pouvoir aller dans un fauteuil.

Puis il détacha son regard du chien avant de m'annoncer gravement :

— Je ne pourrai plus jamais marcher.

J'étais sincèrement désolée pour lui et ne savais pas vraiment comment réagir autrement qu'en lui adressant une moue compatissante. J'imaginais très bien le drame de toute une vie à reconstruire et adapter, une vie où il fallait apprendre à faire sans ou autrement, mais, ayant personnellement toujours été en fauteuil, je ne pouvais pas m'apitoyer, parce qu'une vie sans marcher, pour moi, c'était une vie normale et heureuse. Me vint alors l'idée qu'étant dans un lit et non pas dans mon fauteuil au moment où il me confiait son histoire, il ne savait peut-être pas quelle était ma réalité. Non pas qu'elle fût pire ou meilleure que la sienne, mais forcément, elle déterminait ma réaction.

— Tu sais, moi j'ai jamais marché, répondis-je en souriant doucement.

— Ah bon ? Et ça va ? C'est pas trop dur ?

À cet instant, je me sentis investie d'une mission vitale : celle de changer son regard sur la paralysie et de lui faire voir, croire et comprendre qu'on pouvait avoir une vie heureuse et épanouie en ayant un usage (très) limité de son corps. Cela faisait quatre ou cinq ans que j'étais régulièrement invitée à des événements ou dans les médias pour parler de « handicap et sorties en boîte de nuit », « handicap et voyages au bout du monde », « handicap et entrepreneuriat », « handicap et vie à cent à l'heure ». Alors ce jeune garçon était tombé sur la bonne personne pour lui faire avaler la pilule et aimer sa nouvelle condition d'homme assis. Je troquai immédiatement ma blouse d'hôpital contre mon justaucorps à paillettes préféré, et entrepris un témoignage motivationnel digne d'un orateur

TEDx ou d'un pasteur évangélique avant de conclure ma diatribe par un scoop véridique :

— Et d'ailleurs demain, je suis invitée à déjeuner à l'Élysée par Brigitte Macron pour la journée de la femme !

Mission accomplie. J'avais allumé des étoiles dans ses yeux, les brancardiers pouvaient désormais nous séparer et nous reconduire chacun dans notre chambre. Je pris le numéro de téléphone de ce nouvel ami qui s'appelait Logan et promis de revenir le voir.

*

Lorsque India ouvrit la porte de mon appartement, je découvris un mort-vivant sur le pas de ma porte. Le teint gris, les joues creusées, les yeux cerclés de noir, j'avais du mal à reconnaître Maxime.

— Ça va ?

— Non pas trop Cha, et toi ?

Sa voix tremblante annonçait un effondrement imminent. J'avais l'impression qu'il allait s'écrouler dans mes bras, et je craignais de ne pas pouvoir le soutenir physiquement s'il venait à tomber littéralement. Je connaissais bien Maxime, un garçon beau, fort et fier, et je savais qu'un tel moment de vulnérabilité ne pourrait être vécu que sous le sceau du secret le plus absolu.

— Qu'est-ce qui se passe ?
— Pfffou ça va pas, ça va pas, répéta-t-il en faisant les cent pas dans mon salon. Je peux me faire un café ?
— Oui vas-y. Qu'est-ce qui t'arrive ?
— Ça va pas Cha, ça va pas, je ne dors plus, ça fait quinze jours que j'ai pas dormi, j'arrive plus à manger, j'ai doublé les doses d'anxiolytiques, parfois je les mélange avec de la drogue.

Il passait son temps à marcher de la machine à café à la fenêtre comme un lion en cage, et enchaînait les espressos comme les litres d'eau après un marathon. Sa détresse m'effrayait. Comme en présence d'un animal sauvage, je sentais que je devais me faire toute petite et compenser la folie de ses paroles et de ses mouvements par un calme olympien. Maxime, c'est le mec parfait. Celui qui est brillant, passionné de cinéma et de littérature, qui a des idéaux politiques qui le font vibrer, toutes les filles à ses pieds, des yeux verts et un corps d'athlète, et qui gagne beaucoup d'argent. Celui qui est un ami fidèle mais dont la vie trépidante le fait régulièrement disparaître des radars pendant un temps plus ou moins long avant des retrouvailles au petit goût de trop peu. Mais c'est aussi et surtout celui qui était en train de m'annoncer en pleurant :

— Le matin quand j'attends le RER pour aller bosser, je me dis qu'un jour je me foutrai en l'air sous un train. Au moins ce sera fini.

J'habitais à cinquante mètres des rails et l'évocation d'un tel drame me déchira le cœur. J'avais l'impression que son désespoir, comme une lame de fond, passait au travers de tout mon être sans que je puisse l'arrêter ni avoir le moindre impact sur lui. Comment ramener Maxime à la raison alors que sa souffrance était manifestement déconnectée de tout entendement ? Comment pouvait-il aller si mal alors qu'il cochait toutes les cases de la panoplie de l'homme idéal ? Déboussolée face à une telle misère à l'assaut de tant d'atouts, une ronde de questions tournoyait dans ma tête : qu'est-ce qui faisait que quelqu'un qui avait tout était prêt à se suicider alors que d'autres qui avaient moins pouvaient vivre parfaitement heureux ? Où résidait la tromperie de notre monde quant aux critères de bonheur ? Pourquoi, parmi tous ses amis bien plus proches, m'avait-il choisie moi comme dépositaire de sa désespérance ? Mon handicap attestait-il à ses yeux d'une résistance testée et éprouvée dans la chair et l'esprit qui garantissait un soutien bien assis ? N'y avait-il pas une sorte d'impudeur à afficher tant d'avantages jetés au feu de l'affliction devant quelqu'un de plus démuni ? Qu'est-ce qui nous autorisait à être compris ? Ne pouvait-on se plaindre que devant quelqu'un de moins pauvre que soi ?

En fait, qui était le pauvre ? Qui était le riche ?

*

Lorsque j'ai perdu la force de manger seule, tel un animal blessé, je me suis cachée, le confinement et le télétravail s'avérant être des écrans très efficaces. Pendant plusieurs semaines, voire plusieurs mois, les seules personnes avec qui je partageais mes repas furent les étudiantes qui s'occupaient de moi, ma famille en week-end ou en vacances, et quelques amis très proches à qui je pouvais révéler ma vulnérabilité toute fraîche. Lorsque je devais retrouver quelqu'un dans le cadre professionnel ou un cercle amical plus éloigné, je m'arrangeais systématiquement pour esquiver tout créneau horaire qui impliquait de manipuler des couverts.

Mon associé de l'époque et binôme Kevin fut le premier devant qui j'osai dévoiler ma nouvelle impotence. Nous avions rendu nos bureaux par souci d'économie, et cela faisait presque neuf mois que nous travaillions tous depuis chez nous, réduisant ainsi les occasions de passer du temps ensemble comme peau de chagrin.

— Et si vendredi je venais télétravailler chez toi ? Après on irait déjeuner au bord du canal.

Alerte. Alerte. Déjeuner = danger. Je redoutais la pitié dans ses yeux ou le jugement dans ceux de nos voisins de table qui s'offusqueraient qu'on se tienne mal au restaurant, les regards curieux mais fuyants de ceux qui se demanderaient si les petits pois allaient bien atterrir dans ma bouche. En cinq ans passés à travailler ensemble, il m'avait toujours vue manger toute seule. Quelquefois, il m'était arrivé d'être fatiguée le soir après de longues journées passées dans des événements harassants, et de sentir que j'aurais eu besoin d'un coup de main pour attraper un aliment récalcitrant ou manier une fourchette trop lourde. Mais Kevin avait toujours catégoriquement refusé :

— Non. Je ne vais pas te donner la becquée comme à un moineau.

Agissait-il de la sorte pour m'éviter de devenir assistée plus tôt que de raison, ou bien pour m'aider à ne pas mélanger les genres en me rappelant qu'il était mon associé et non pas mon auxiliaire de vie ? Sous son apparente dureté se cachait en réalité une sage résistance. Vexée, je ramassais alors le peu de forces qu'il me restait et réussissais à avaler ma cuillérée.

Mais désormais la situation avait changé. Il ne s'agissait plus de me pousser à faire un petit effort devant une flemme ou une fatigue passagères. La collision des rôles devenait inéluctable. J'avouai donc franchement :

— Oui si tu veux... Mais il faut que tu saches : je

ne peux plus manger toute seule. Donc si on va au resto, il faudra que tu m'aides.

— Ça marche.

Sa réponse me parut tellement instantanée et sereine que je me demandai s'il avait bien compris ce que je sous-entendais par « m'aider ».

— Je veux dire, que tu m'aides en me donnant à manger, pas juste que tu coupes mon steak. Il faudra que tu me « donnes la becquée » comme tu dis.

— Oui, oui c'est bon, j'ai bien compris. Tu veux me faire changer d'avis ? Allez, à vendredi !

Émue et admirative de constater qu'il savait décidément quand et comment m'aider au moment où j'en avais besoin, sans justifications superflues, je me dis pour la énième fois que j'avais une chance inouïe de pouvoir compter sur lui.

*

Les affaires reprenaient mais mes bras, eux, refusaient toujours d'obtempérer. Un jour mon téléphone sonna :

— Oui, bonjour Charlotte, Magali Assor au téléphone, vous vous souvenez de moi ? C'est

Amir qui m'a donné ton numéro, on se tutoie, ça ne t'embête pas ? Bien, je t'appelle parce qu'avec Sébastien Guilloux et d'autres entrepreneurs nous sommes en train de créer un réseau de personnalités qui œuvrent activement à la construction du monde de demain. Il y a déjà des grands patrons, des artistes, des ministres, des sportifs de haut niveau, des journalistes, des religieux, des intellectuels, bref un peu de tout, mais il ne manque que toi ! Est-ce que tu accepterais de nous rejoindre ?

Je n'avais aucune idée de qui était le Sébastien dont elle me parlait, ni de ce que j'allais bien pouvoir faire là-dedans, mais piquée par la curiosité et la flatterie, je répondis :

— Ah bah merci pour cette invitation ! Je suis très honorée... Mais ça dépend un peu, ça consiste en quoi exactement ?

— On se réunit une fois par mois, et on échange autour d'un thème précis, par exemple l'éducation, l'agriculture, la conquête spatiale... L'idée c'est de pouvoir rencontrer les personnes qui pourront nous aider chacun dans notre domaine de prédilection. Le problème avec les autres réseaux c'est que c'est toujours trusté par des hommes blancs de 50 ans qui ont fait HEC... Tu vois le genre... Nous on essaie de créer un réseau beaucoup plus *ouvert*, et avec plus de *diversité*, c'est pour ça qu'en tant que jeune femme entrepreneure porteuse de handicap ça serait vraiment bien que tu nous rejoignes ! Il faut faire changer les mentalités pour construire un monde plus ouvert ! La seule consigne, c'est que comme il y a des personnalités connues, il faudra rester très discrets sur les participants et les sujets de discussion vis-à-vis de l'extérieur... Écoute, je t'envoie une invitation, tu viens à la première soirée et tu verras si ça te plaît de continuer ? On fait comme ça ? Allez super ! Merci Charlotte, à bientôt !

Quelques jours plus tard, je reçus la fameuse invitation et découvris avec effroi qu'il s'agissait d'un dîner assis et placé... Que faire ? D'un côté j'étais très intriguée, et je savais qu'une rencontre pouvait ouvrir des portes que j'aurais mis trois ans à ouvrir seule. Et puis je n'allais pas vivre cloîtrée juste à cause d'une histoire de couverts. Mais de l'autre je me voyais mal demander au patron d'une grande chaîne de télé ou à une ministre de me donner à manger. Surtout, j'étais très sceptique vis-à-vis des initiatives liées au fait que j'étais une « jeune femme entrepreneure avec un handicap » par crainte de servir de quota. Cette phrase était rarement de bon augure. Je décidai donc de remettre à plus tard ma réponse et d'attendre un miracle qui me ferait retrouver de la force… Après tout qui sait ? Cette baisse n'était peut-être que passagère.

*

Camille faisait la vaisselle en attendant que l'eau pour la tisane ait fini de bouillir.

— Je pense que ce week-end j'irai à la messe anticipée le samedi soir, parce que dimanche ils proposent le sacrement des malades dans ma paroisse, ça va durer trois plombes…

— Tu vas pas le demander ?

— De quoi ? Le sacrement des malades ? Bah non c'est pas pour moi. Chaque année ça revient, et on me le propose systématiquement, mais ça me saoule trop quand on me demande si je veux le recevoir. Comme si j'étais « malade » et que j'allais mourir ! Tu sais, y a un an j'ai accompagné les jeunes lycéens à un pèlerinage à Lourdes, et la fille qui s'occupait de l'organisation m'avait trop énervée parce que dans le programme y avait une messe avec le sacrement des malades pour les jeunes qui voulaient le recevoir, et elle m'avait tannée pour que je m'inscrive et que je le demande, en me disant que ça « serait super pour les jeunes que j'accompagnais », que ça leur permettrait de vivre le sacrement autour de moi ou je sais pas quoi... Non mais mêle-toi de tes oignons! C'est pas parce que je suis en fauteuil qu'on a le droit de se servir de mon handicap et qu'on doit me considérer comme une malade, tu trouves pas?

Silence. Seules l'eau qui coulait du robinet et celle qui chauffait dans la bouilloire me répondirent et m'invitèrent à entrer dans leur dialogue. À moins qu'elles n'eussent couvert mes paroles. Et dans cette absence de réaction humaine, un miroir vint se tenir devant moi, et les yeux de mon cœur s'ouvrirent, laissant poindre une petite voix intérieure qui me disait avec une douce autorité: « Charlotte... Charlotte... Pourquoi dis-tu d'emblée que ce n'est pas pour toi? As-tu seulement envisagé que ça puisse l'être ? Pourquoi es-tu si sûre de ne pas en avoir besoin ? Ne viens-tu pas de perdre toute la force de tes bras ? Tu crois vraiment que tout va bien ? Ne serait-ce pas là de l'orgueil ? Au fond, qu'est-ce qui t'en dissuade vraiment ? »

Cette réplique me désarma brutalement et me laissa bouche bée, les yeux écarquillés sur ma misérable défense. La voix avait raison. De l'orgueil. C'était bien ça. La honte piteuse de l'enfant pris en flagrant délit de bêtise m'habita soudain, et je n'eus d'autre choix que de me rendre à l'évidence : j'étais orgueilleuse. Pas dans le sens où je méprisais les autres, mais dans celui où la fierté qui m'habillait faisait tout pour m'éloigner de la bassesse de la dépendance. Dépendance aux autres, mais aussi à Dieu… Mon incapacité à demander simplement que l'on me donne à manger était la même qui m'empêchait de demander à Dieu de m'aider. Elle s'appelait suffisance. Une main forte descendait du ciel et se proposait de me relever, j'aurais été trop bête de ne pas l'accepter.

*

— Est-ce que vous êtes libre après le soutien scolaire ? On peut se parler du sacrement des malades ?

— D'accord.

Le mercredi après-midi j'allais au soutien scolaire des enfants de la paroisse. C'était une toute petite église dans le nord de Paris, avec très peu de moyens, beaucoup de diversité, et où tout le monde se connaissait. Après le confinement, la vie paroissiale tournait encore au ralenti, et le curé avait instauré cette aide aux devoirs pour les enfants en difficulté.

Après ces deux heures bien fatigantes durant lesquelles, tels des archéologues, nous partions à la recherche du savoir scolaire perdu enfoui dans les tréfonds de notre mémoire, nous amusant de retrouver un morceau d'identité remarquable par-ci ou de déterrer un fragment de trigonométrie par-là, nous reprenions quelques forces autour d'un bon goûter.

Aussitôt la dernière bouchée de brownie déglutie, le père Martin devint bien sérieux, réajusta son col romain et me dit à part en joignant ses mains sur la table :

— Vous vouliez qu'on parle du sacrement des malades.

Pire que l'effet blouse blanche, l'effet soutane. Celui qui vous fait descendre tout au fond de vous-même et sortir toute la vérité, rien que la vérité. Pas le choix, c'était le moment de sauter du plongeoir dans la piscine de la miséricorde, et d'oser demander.

— Oui… Je sais que c'est dans quatre jours, et que je m'y prends à la dernière minute, et que je n'ai pas fait la retraite qu'il fallait avec les autres qui vont le recevoir, mais est-ce que c'est possible de le demander dimanche ?

— Qu'est-ce qui fait que vous vous sentez appelée à ça maintenant ?

Il devait bien le savoir étant donné qu'il était, avec Chloé, le plat de lasagnes et la bouteille de rouge, le premier témoin de l'affaire.

— Alors… j'ai déjà reçu le sacrement des malades quand j'avais 4 ans, donc je ne m'en souviens pas, mais apparemment après ça, plein de coups de pouce tombés du ciel ont été donnés à mes parents : des médecins super qui ont pu s'occuper de moi, l'école qui a bien voulu me prendre... Bref, je me dis que ça a sûrement joué dans ma vie un rôle plus important que je ne veux bien le croire, parce qu'aujourd'hui je me rends compte que je suis en paix avec mon handicap. J'ai vraiment une vie heureuse que j'aime, et je pense que si on me proposait une baguette magique pour pouvoir marcher, je ne suis pas sûre que j'accepterais, parce que je pense que mon handicap est vraiment indissociable de ma personnalité, et qu'il m'a forgée d'une certaine manière. Mais là... je sens que ma maladie a évolué d'un coup. Je ne peux plus me servir de mes bras pour manger toute seule, et surtout, je me rends compte à quel point c'est difficile de solliciter de l'aide. J'ai jamais voulu demander le sacrement des malades, mais là je me dis que si c'est aussi difficile, c'est qu'il y a quelque chose qui bloque dans mon cœur, une sorte de résistance. Du coup... je voudrais demander à Dieu... la grâce de l'humilité dans la maladie. Celle qui me permettra d'être heureuse qu'on me donne à manger. Je voudrais demander à Dieu qu'il m'aide à lui demander de l'aide. Et à en demander aux autres.

J'avais l'impression d'avoir déjà fait un immense pas, et que le Seigneur avait un projet pédagogique bien précis pour moi dans cette histoire. J'appréhendais un peu la réaction du père Martin parce que même si nous nous entendions très bien sur le plan amical, j'avais souvent l'impression qu'on ne parlait pas la même langue, et je ne comprenais pas toujours où il voulait en venir. Après une écoute attentive, il me déclara sur un ton très sérieux :

— Vous savez Charlotte, votre maladie est belle parce que c'est elle qui nous aide à vous aimer.

Je le regardai un peu sur la réserve avant qu'il ne développe :

— Quand vous avez besoin d'aide, vous permettez à ceux qui sont autour de vous de se donner. Et au fond, c'est pour ça qu'on est faits : se donner. Et vous, plus que les autres, vous permettez ça.

Puis il ajouta en souriant :

— Je pense vraiment que notre société a besoin que les puissants de notre monde donnent à manger à une jeune femme en fauteuil dans des soirées sélectes.

*

Le soir venu, il m'envoya un email avec des extraits de la Bible et des questions destinées à la préparation et à la méditation personnelle avant le sacrement.

« Les autres l'ont fait en 9 jours mais vous pouvez le faire en 4. »

Je m'installai dans mon lit, et commençai à lire.

JOUR 1 : Que ma prière s'élève comme l'encens

« Eh bien, moi, je vous dis : Demandez, vous obtiendrez ; cherchez, vous trouverez ; frappez, la porte vous sera ouverte. Celui qui demande reçoit ; celui qui cherche trouve ; et pour celui qui frappe, la porte s'ouvre. Quel père parmi vous donnerait un serpent à son fils qui lui demande un poisson ? ou un scorpion, quand il demande un œuf ? Si donc vous, qui êtes mauvais, vous savez donner de bonnes choses à vos enfants, combien plus le Père céleste donnera-t-il l'Esprit Saint à ceux qui le lui demandent ! » (Luc 11, 9-13)

Réflexions et prière :
« De bonnes choses », « l'Esprit Saint »
Quelles bonnes choses le Seigneur veut-Il me donner ?

Prière : Seigneur, donne-moi ton Esprit, afin que je discerne ce que Tu veux me donner

JOUR 2 : La gloire de Dieu c'est l'homme debout

« Dieu n'a pas fait la mort, Il ne se réjouit pas de voir mourir les êtres vivants. » (Sagesse 1,13)

« Car Il pardonne toutes tes offenses et te guérit de toute maladie. » (Ps 103 [102], 3)

« Le soir venu, on lui amena beaucoup de possédés ; Il chassa les esprits par sa parole et Il guérit tous les malades. Ainsi devait s'accomplir la parole prononcée par le prophète Isaïe : Il a pris nos souffrances, Il a porté nos maladies. » (Matthieu 8, 16-17)

Réflexions et prière :
Quelle est la volonté de Dieu sur l'état de ma santé ?
Quelle prière vais-je adresser à Dieu ?

…etc.

Volontaire mais pas très inspirée, je me résolus à éteindre la lumière en me disant que si je pouvais le faire en quatre jours, je pourrais bien le faire en trois à compter de demain, voire en un la veille du sacrement… Mais cette procrastination ne fut manifestement pas au goût de plusieurs personnages de l'Évangile, qui décidèrent de s'incruster dans ma chambre, m'empêchant de trouver le sommeil avec leurs histoires à dormir debout. L'aveugle à qui Jésus rendait la vue en disant « Va, ta foi t'a sauvé », le paralytique qui attendait depuis trente-huit ans au bord de la piscine que quelqu'un vienne le porter dans l'eau, et qui au lieu de répondre « oui ! » s'obstinait à raconter ses malheurs en boucle à Jésus qui venait lui demander s'il voulait être guéri, la femme qui savait que, si elle parvenait à toucher seulement la frange du manteau du Christ, elle serait guérie… Ils se tenaient tous là, assis, debout, couchés, au pied de mon lit, transformant ma chambre en cour des miracles.

« Que veux-tu que je fasse pour toi ? » résonnait dans la pièce avec douceur et majesté.

Au fond, n'étais-je pas petite joueuse à demander la grâce de l'humilité dans la maladie ? Que je sois honnête : ce qui m'aurait vraiment arrangée, c'était plutôt de récupérer la force de mes bras. Mais pourquoi était-ce si difficile de croire que Dieu pouvait me la rendre si je lui demandais clairement ? Mon manque de foi me faisait revoir mes attentes au rabais. N'était-ce pas par crainte d'être déçue, sachant cela impossible ? Que voulait vraiment le Seigneur pour moi dans cette épreuve ?

En fait c'était clair. Il fallait que je pose un acte de foi radical. C'était tout ce qu'Il me demandait, et Lui se chargerait du reste. Les squatteurs miraculés me laissèrent alors seule et déterminée : j'étais prête. Prête à jeter au feu tous mes doutes et mes incrédulités. Prête à demander un miracle pour laisser Dieu opérer le projet d'amour fou qu'Il avait pour moi. Je demanderais le sacrement des malades pour récupérer l'usage de mes bras, et rien de moins.

*

Quand j'étais adolescente, mes parents nous avaient emmenés avec mes frères et sœurs en voyage aux États-Unis, pays où les personnes roulantes sont légion, notamment à cause de l'obésité. Éblouis par une telle abondance de plans inclinés, d'ascenseurs et de portes à ouverture automatique, je savourais avec eux les joies d'une vie sans obstacles en sautillant de parcs naturels en centres commerciaux, et de restaurants en musées, tous plus accessibles les uns que les autres. Jusqu'au jour où une petite phrase anodine vint me piquer à vif, me rappelant mon existentielle mise au ban :

— *Does she need a menu ?* interrogea une serveuse d'un air gêné en me désignant à la troisième personne à mes parents après avoir distribué une carte à tout le monde à table excepté moi.

— *Yes of course !* s'indignèrent-ils cordialement après un échange familial de regards embarrassés, s'empressant de lui arracher des mains le fameux menu pour le déplier sous mon regard humilié.

Je bouillais intérieurement, me sentant insultée,

comme si j'étais une débile qui ne savait pas lire, mais j'avais bien trop honte pour laisser le moindre regard croiser le mien, alors je m'empressai de me réfugier dans le menu.

Quinze ans plus tard, le souvenir de cet outrage qui s'était ensuite répété à plusieurs reprises m'habitait toujours au moment de briefer les nouvelles recrues parmi mes salariés avec qui nous partions régulièrement sur un salon dédié aux personnes handicapées.

— Je vous préviens, on va voir beaucoup de personnes et de familles avec des handicaps variés, parfois des gens très marqués voire abîmés physiquement. Ça peut être impressionnant, d'autant plus qu'on n'a pas l'habitude de voir autant de personnes handicapées au mètre carré. Et vous verrez, on peut vite être tenté de s'adresser aux accompagnants plutôt qu'à la personne concernée. Essayez, s'il vous plaît, de faire attention à parler à tous les visiteurs du stand, même si parfois vous aurez l'impression que la personne handi ne capte pas. Les apparences sont souvent trompeuses, et croyez-moi, on ne sait jamais ce que perçoit quelqu'un et ce dont il est capable, à moins de le connaître vraiment.

Alors une fois en situation réelle, avec soin et justesse, Kevin et les autres grands gaillards debout qui travaillent chez Wheeliz s'accroupissaient à la hauteur des petites gens à roulettes pour leur exposer notre activité avant de dégainer :

— Tenez, je vous donne une petite brochure.

Et de conclure par un :

— Je la mets dans votre sac à dos ? confiant et respectueux, quand ni les mains ni le visage de leur interlocuteur ne semblaient réagir.

Avec le temps et l'expérience, je m'apercevais que ces salons contribuaient grandement à convertir mon propre regard et à me débarrasser de préjugés que moi aussi je pouvais charrier. Même si à l'époque je lui aurais volontiers planté ma fourchette en pleine poire, aujourd'hui je reconnais que, parfois, j'ai pu moi aussi commettre la même bêtise que cette serveuse face à quelqu'un qui présentait de sévères troubles de l'élocution, ou des gestes mal coordonnés. Combien de personnes que j'aurais eu tendance à juger trop lourdement handicapées se révélaient-elles faire preuve d'un esprit et d'un sens de l'humour désarçonnants, ou bien passaient leur vie à relever des défis sportifs ou d'aventure stupéfiants ? Il n'y a que la rencontre qui convertit et fait grandir. C'est sans doute la raison pour laquelle toute l'équipe aimait beaucoup ces événements récurrents.

Avec une centaine d'autres exposants, nous faisions le tour de la France au rythme de huit salons tous les deux ans : Rennes, Lille, Paris, Bordeaux, Marseille, Nancy, Lyon, Toulouse... Nous nous retrouvions à chaque étape comme une joyeuse troupe itinérante, réunie par l'émulation de toutes ces innovations au service de tant de personnes confrontées à des problématiques d'autonomie, et par l'émerveillement face à cette fantaisie et cette authenticité qui jaillissaient du grand rassemblement de tous ces estropiés de la vie, allant jusqu'à former des embouteillages de fauteuils, de brancards et de déambulateurs en tout genre dans les allées bigarrées du centre d'exposition. Tout était improbable autant que renversant dans cette cour des miracles contemporaine : les parcours de vie, les postures des gens, les moyens de locomotion, les accoutrements vestimentaires, parfois même les animaux d'assistance. Grisés par ce souffle de liberté et de vitalité, nous finissions ces journées harassantes en écumant les bars des centres-villes avant de rentrer nous écrouler dans notre lit d'hôtel, le cœur chaud de rencontres décoiffantes et ivre de tous ces préjugés effondrés.

Parfois je m'éclipsais de mon stand, quittant mon statut d'exposante connue et reconnue pour aller me mêler à la foule des visiteurs, à l'affût de discussions et de comparaisons informelles avec mes congénères handicapés sur l'état de la recherche plus ou moins scientifique et le maintien de nos corps déclinants.

— J'ai découvert une plante chinoise à prendre en poudre, ça me redonne vachement de force.

— Ah ouais ? Moi j'ai entendu dire qu'un mec s'était fait volontairement péter toute la mâchoire et remettre toutes les dents en place pour mieux respirer et que, du coup, il avait repris du poil de la bête. Il est devenu super beau gosse en prime !

— Tuut tuuut ! Convoi de joueurs de basket fauteuil, tout le monde se pousse !

Au milieu de ce mouvement roulant, un regard connu apparut :

— Salut la belle, comment tu vas ? Y a la ministre qui sera là tout à l'heure, si tu veux je l'amène sur ton stand ? Passe me voir en F14, je te présenterai Romain la nouvelle star handi sur Instagram.

Cette tornade de mondanités qui était arrivée aussi vite qu'elle était repartie, emportée par le cortège de joueurs, c'était Amir, un multi-champion mondial de handisport, que j'avais rencontré sur un événement similaire. Il était partout et connaissait la terre entière. Entre un rendez-vous politique et un match de basket, on parvenait furtivement à se croiser et à se donner quelques nouvelles, avant qu'il ne disparaisse à nouveau avec une autre connaissance rencontrée à l'improviste.

Laissant là la foule quelques instants, je m'éloignai et choisis plutôt le secret et l'anonymat pour oser, sur la pointe des roues, franchir le seuil de certains stands avec l'espoir de trouver des remèdes pour soulager mes maux. C'est ainsi que je fis la connaissance d'un robot qui j'en étais sûre allait changer ma vie. Une technologie canadienne qui permettait d'attacher un bras robotisé à un fauteuil roulant, de le téléguider avec la commande du fauteuil et d'attraper n'importe quel objet, *y* compris une fourchette, pour la porter à la bouche.

— Je vous confirme, c'est exactement ce qu'il vous faut ! s'enthousiasma l'ergothérapeute qui en faisait la démonstration.

Émerveillée par toutes les possibilités qui s'offriraient à moi en la compagnie de cet objet incroyable, je me voyais déjà trinquer allègrement en tenant ma chope de bière d'un bras ferme et vaillant, et attraper tous les objets sur ma table basse sans avoir à guider mon chien laborieusement avec la voix et les yeux, « apporte, oui celui-là, non à côté, non pas ça, oui ça, voilà apporte, nooon ne le mange pas ! ». Mais la voix du démonstrateur vint interrompre ma rêverie :

— Par contre je préfère être honnête... ça coûte malheureusement assez cher...

— Cher comment ?

— Pour une technologie comme celle-ci on est sur un minimum de cinquante mille euros...

et il n'y a pas encore de possibilité de prise en charge financière.

— Cinquante mille euros ?! manquai-je de m'étrangler. Mais ce n'est pas possible ! Comment font les gens ? Y a vraiment des personnes qui ont réussi à se l'acheter ?

— Oui oui, la plupart de nos utilisateurs trouvent des solutions, comme des cagnottes de proches, ce genre de choses. En général ils y arrivent, mais c'est sûr que c'est un gros frein, c'est pour ça que je préfère vous prévenir... Mais bon, à mon avis vous n'aurez pas trop de difficultés...

Le soir, ma meilleure amie me fit part au téléphone de son avis sur la question :

— Bah oui t'auras pas trop de difficultés, tu t'appelles Charlotte de Vilmorin, tu connais plein de gens, mais c'est ça qui est dégueulasse ! Comment font les gens qui ne connaissent personne, hein ? C'est toujours le même problème ! En vrai, je crois qu'il ne faut pas que tu alimentes le système, meuf, faut pas que tu uses de ta notoriété pour ça... Bon après... Quand tu relativises, cinquante mille euros c'est hors de prix mais ça n'est jamais *que* cinq mètres carrés à Paris… soit une salle de bains. Moi j'ai deux bras qui fonctionnent, et je dois dire que j'en suis assez satisfaite. Perso, entre un bras et cinq mètres carrés, je vote pour le bras…

Ne voyant pas comment résoudre cette équation, je me résolus à ranger mes rêves de robotique au placard et à me concentrer sur un autre projet tout aussi réjouissant : celui d'une rencontre arrangée.

*

— Surpriiise !

En entrant dans sa chambre d'hôpital, je vis d'abord ses pieds au bout du lit, avant de retrouver le visage de Logan maintenu par une grosse minerve.

— Je suis revenue te voir avec mon pote Amir, je me suis dit que ça te ferait du bien de le rencontrer. C'est un immense champion paralympique, et comme tu vois il a deux prothèses de jambes et pas de mains, ce qui ne l'empêche pas de s'éclater et d'éclater tout le monde !

Une fois les présentations faites et une forme de complicité établie, je décidai de les laisser discuter entre garçons et prétextai devoir sortir India dans les allées de l'hôpital, qu'elle finissait par bien connaître, me laissant aller à une petite promenade méditative.

Que des personnes comme Amir ou moi (à une bien moindre échelle) puissent être source de motivation, je l'entendais très bien, et j'en faisais régulièrement l'expérience dans le regard des autres. Les discours positifs et inspirants se multipliaient partout sur les réseaux sociaux, alimentant abondamment la sphère du développement personnel et du management en entreprise, érigeant les personnes en situation de handicap au parcours atypique en héros de la résilience et de la capacité à surmonter les obstacles. Mais ce discours ne risquait-il pas d'être toxique pour notre société sous constante perfusion d'injonctions à se dépasser ? Valoriser les parcours hors normes comme seul modèle de réussite, qu'est-ce que cela disait de tous les parcours de vie typiques ? Quel message autre que de la culpabilité ou un sentiment d'échec extraordinaire envoyait-il à ceux qui ne pouvaient ou ne voulaient pas s'affranchir de leur condition ordinaire ? N'avait-on pas au contraire urgemment besoin de se réconcilier avec notre particularité sans tomber dans l'individualisme ? Aller toujours chercher les ressources en soi, n'était-ce pas justement accentuer cet individualisme, s'obligeant à devenir « entrepreneur de sa propre vie » grâce aux seuls moteurs de la personne et de la volonté, invisibilisant de ce fait les fondements du collectif, véritable source de réussite ou d'échec ? Pourquoi ne savait-on pas valoriser la beauté d'une vie toute simple et sans frasques ? La poésie d'une « petite vie » ?

Non, un corps blessé ou fragile ne pouvait pas arrêter la valeur d'une vie et sa propension au bonheur, mais l'injonction au dépassement personnel, incitant toujours à travestir sa vulnérabilité, ne permettait pas non plus de rendre hommage à la vérité de la blessure. Le seul moyen de vivre réconcilié avec soi-même, c'était de se débarrasser du mythe du surhomme autonome qui avance à la seule force du poignet, et de chérir les failles de son existence, non pas pour les transformer en or, mais en tant qu'espace où cultiver la pauvreté et la dépendance à autrui. Au fond, on pouvait se mentir autant qu'on voulait, on était tous pauvres et dépendants en puissance. Mieux valait s'y abandonner résolument pour être heureux en vérité.

*

Avec la pandémie de Covid-19, mes séjours à l'hôpital avaient dû s'interrompre faute de place. Cela n'était pas pour me déplaire, car malgré de nombreux essais, les améliorations n'étaient pas très probantes, alors que les injections, elles, étaient de plus en plus douloureuses et finissaient par me créer des souffrances prêtes à revenir me hanter et hurler dans le bas de mon dos à n'importe quel moment. Était-ce à cause de cette interruption que j'avais soudain perdu la force de mes bras ? Peut-être. Afin de mettre toutes les chances de mon côté dans cette entreprise de reconquête, j'avais alors accepté d'y retourner une dernière fois pour en avoir le cœur net. Mais l'aiguille réveilla les fantômes tapis dans mes lombaires qui m'électrocutèrent avec une telle violence que j'eus l'impression que je ne pourrais plus jamais m'asseoir de ma vie. C'était décidé, j'arrêtais définitivement le traitement.

Je m'installai donc dans le cloître de l'hôpital pour digérer cet échec avec un paquet de gâteaux au chocolat, accompagnée d'une amie qui était venue me rendre visite en attendant qu'un médecin accepte de signer ma sortie définitive. Je regardais l'eau couler dans la fontaine au milieu de la petite cour carrée, et me sentais enlacée par les bras des colonnes de la galerie qui m'étaient devenues familières. Quelques années plus tôt, ce lieu m'aurait sûrement laissée de marbre.

Pendant les vingt-quatre premières années de ma vie, je n'avais pas cru en Dieu. J'y étais même carrément hostile. Pour moi la religion, surtout catholique, rendait les gens soumis, normés, coincés, et réac. Les prêtres et les religieux étaient des conteurs de fables, qui servaient à qui voulait bien l'entendre, à commencer par eux-mêmes, une soupe de sornettes qui justifiaient un choix de vie dont il fallait bien finir par se convaincre qu'il était heureux.

J'avais reçu une éducation religieuse mais

qui m'était passée complètement au-dessus de la tête. Une pluie de graines jetées au bord d'un chemin stérile et épineux, où il n'était finalement rien resté sinon des ronces d'ennui et de rébellion. Je n'entrais dans les églises que quand des circonstances mondaines me l'imposaient, et j'étais même assez fière de m'inscrire en faux, me pensant bien plus maligne et éclairée que ceux qui croyaient, voire pire, pratiquaient.

Quand j'avais 15 ans, j'ai reçu un courrier improbable d'une amie de ma grand-mère. Toutes les deux étaient très pieuses. Cette femme m'écrivait pour me raconter son rêve sur une petite carte de correspondance :

« *Chère Charlotte, j'espère que ma lettre ne vous importunera pas. Si c'est le cas, pardonnez-moi. J'ai rêvé de vous et ce songe ne me quitte plus. Vous aviez rencontré le Christ et vous rayonniez de joie et de lumière. J'imagine que cela doit vous paraître bien saugrenu, mais je ne pouvais pas ne pas partager cela avec vous. J'ai la certitude que ce jour viendra. Avec toute mon amitié. Nicole.* »

J'étais tellement révoltée par la religion et abrutie par la bêtise adolescente que je n'ai pas su comment réagir autrement qu'en déchirant la lettre en petits morceaux et en éparpillant ses restes aux quatre coins du jardin de ma grand-mère chez qui j'étais alors en vacances, parce que je ne voulais surtout pas que quelqu'un tombe dessus dans la poubelle. Que Dieu me garde de cette prophétie de malheur et de le rencontrer un jour ! J'étais très bien sans lui.

Mais une petite dizaine d'années après, malgré tout mon entêtement, la prophétie de cette vieille dame se réalisa. J'avais été invitée au mariage d'une amie de collège qui, elle, était très croyante, et je m'y rendais avec un sentiment mélangé d'ennui et de fidélité. Je savais qu'avant les réjouissances de la fête, il me faudrait d'abord survivre à la messe. Et c'est ce jour-là qu'une petite brèche s'ouvrit dans mon cœur, infime point d'interrogation, quand, après la communion, je vis mon amie mariée fondre en larmes, me laissant fort perplexe face à ce mystère auquel j'étais en train d'assister en parfaite étrangère. Ce n'était pas seulement l'émotion d'avoir dit oui à l'homme qu'elle aimait qui semblait la toucher, mais celle de se sentir en présence de Quelque chose. Et ce sentiment m'échappait totalement. Y avait-il vraiment Quelqu'un là-dedans ?

Non. Il me fallait vite boire une ou cinq coupes de champagne pour me remettre les idées en place et me débarrasser de ces questions beaucoup trop métaphysiques.

Mais mon point d'interrogation refusait de me lâcher la grappe, d'autant plus que je m'étais attendue à passer une soirée avec des gens que j'aurais volontiers qualifiés de coincés et qu'en réalité je ne cessais de trouver chaleureux et lumineux. Des jeunes qui n'avaient pas peur de s'engager et de construire leur vie sur quelque chose de fort et de beau ; de partir faire le tour du monde en stop pour servir dans les communautés pauvres, passer leur week-end dans des hôpitaux ou des maisons de retraite ; de se marier à 22 ans sous les regards moqueurs de personnes incrédules (dont je faisais partie) et de défendre avec confiance et authenticité leur vision de l'amour et de la fidélité. Plus la soirée avançait, plus je me demandais avec une pointe de honte et de regret si, à force de refuser la soupe, je n'étais pas passée à côté de quelque chose… La soupe, n'est-ce pas le plat qui fait grandir ? Il me fallait en avoir le cœur net.

De retour à Paris, je décidai donc d'assister à une messe, *incognito*, « juste pour voir », non pas parce que j'y étais obligée, mais parce que j'étais prête à me laisser une chance et à essayer de comprendre. Je me félicitais presque d'avoir bien « choisi » ma messe, séduite par l'harmonie de la chorale et le nombre de personnes présentes – dont des jeunes, alors que je croyais que les églises étaient peuplées de cheveux blancs –, jusqu'à ce qu'arrive le moment de la messe que je redoutais et qui me rappelait de mauvais souvenirs d'enfance : celui de « la Paix du Christ ». Ce moment gênant où l'on devait tout à coup se tourner vers ses voisins, sans jamais trop savoir lesquels, pour s'embrasser, se serrer la main ou échanger un signe brouillon, me mettait extrêmement mal à l'aise. Cet instant qui s'annonçait imminent me faisait déjà regretter d'être venue, quand la situation passa d'embarrassante à cauchemardesque : le prêtre, que je n'avais jamais vu de ma vie et que je ne connaissais ni d'Ève ni d'Adam, était en train de descendre du chœur et de foncer droit sur moi pour me donner « la paix ».

J'avais envie de me cacher et de disparaître. Et là, stupeur, sans que j'aie le temps de comprendre quoi que ce soit, en arrivant devant moi pour me prendre la main, il s'écria à pleins poumons :

— Ah ! Tu es venue ! Je suis tellement content que tu sois venue !

Coup de grâce qui crucifia mon athéisme.

Je restai pétrifiée. Il m'avait véritablement donné la paix du Christ. Celle qui fit que mon cœur s'ouvrit, et je reconnus la voix de Dieu le Père qui s'exprimait à travers la bouche de ce prêtre, me disant toute la joie qu'Il avait de m'accueillir dans Sa maison. Je venais d'être touchée en pleine âme par l'amour de Dieu, et de grosses larmes chaudes coulèrent sur mes joues et dans mon cou. J'étais l'enfant rebelle qui avait fugué, et que son père accueillait à bras ouverts avec allégresse, miséricorde et tendresse. Dieu n'était pas fâché contre moi, Il ne me parlait même pas de mon passé, Il était juste heureux. Et moi aussi. Il n'y avait plus qu'une chose à faire : ne plus m'éloigner.

*

En 2015 j'ai vécu une autre rencontre transformante : celle avec le monde des personnes réfugiées. Mon entreprise Wheeliz, à ses tout débuts, avait été sélectionnée comme finaliste d'un concours d'innovation sociale organisé par la Commission européenne à Vienne, en Autriche.

À l'origine de cette échappée autrichienne, il y avait un tout petit mail qui aurait pu passer totalement inaperçu et qui en réalité allait considérablement impacter ma trajectoire.

« Bonjour Charlotte, la Commission européenne organise un concours d'innovation sociale, il suffit de remplir un formulaire, je pense que tu devrais participer, il reste 2 jours pour candidater. »

Je connaissais à peine l'expéditrice que j'avais rencontrée très rapidement quelques semaines plus tôt, et je n'avais aucune idée de ce en quoi consistait ce concours, mais le questionnaire me paraissait étonnamment court et facile à remplir, alors je m'exécutai avec un certain détachement empreint de scepticisme.

Quelques semaines plus tard, un autre message apparut dans ma boîte mail, en anglais, pour me féliciter de faire partie des quarante demi-finalistes du Concours européen d'innovation sociale. J'étais attendue à Vienne dans un mois. Tous les porteurs de projets sélectionnés étaient invités pour se rencontrer, entendre des intervenants de renom dans le domaine de l'entrepreneuriat social et des enjeux européens, et surtout participer à un « concours de pitch » pour présenter leur projet en cinq minutes montre en main devant un jury qui en sélectionnerait dix, avant une dernière étape de dossier écrit à rendre.

Il me fallait donc prévoir toute la logistique nécessaire à ce déplacement… à commencer par résoudre la problématique de l'aide humaine. Qui allait pouvoir m'accompagner ? Mon premier associé Rémi avec qui j'avais créé Wheeliz, évidemment. Mais ce n'était pas lui qui allait s'occuper de moi. Les étudiantes qui m'aidaient chez moi ne pouvaient pas sécher leurs cours et s'absenter quatre jours. Il fallait donc que j'écrive à l'équipe organisatrice du concours pour leur demander si je pouvais venir accompagnée de mon associé... et de ma maman ! Et mes exigences de princesse ne s'arrêtaient pas là, car il fallait également anticiper le fait que je ne pourrais probablement pas prendre un taxi à l'aéroport, ni me déplacer en transports en commun sur place ; les organisateurs devraient donc remuer ciel et terre depuis leur bureau à la Commission européenne de Bruxelles pour trouver une compagnie de véhicules adaptés à mon fauteuil, et ce pour toute la durée de mon séjour, et s'assurer que tous les lieux soient accessibles. J'étais terriblement confuse de tous ces aménagements dont j'avais besoin et qu'ils n'avaient sûrement pas anticipés avant de me sélectionner, et me disais qu'ils allaient très probablement finir par me disqualifier. Mais quelle meilleure démonstration de la difficulté pour une personne en fauteuil à se déplacer et à voyager ?

Nous étions donc quarante porteurs de projets issus de tous les pays de l'Union européenne à nous rencontrer pendant trois jours dans un lieu qui a gravé ma mémoire : le magdas HOTEL, un établissement soutenu par Caritas et tenu exclusivement par des personnes réfugiées en insertion. Nos projets étaient tous très différents les uns des autres : conception d'objets en mégots recyclés en Grèce, récupération d'invendus alimentaires pour faire des conserves sur le parking des supermarchés en Belgique, colocations organisées de personnes âgées en Irlande, camion-douche ambulant avec accès à l'hygiène dans les campagnes en Lettonie, réinsertion de femmes sorties de prison en Roumanie… Mais malgré la barrière des langues parfois difficile à surmonter, les différences de cultures, de looks et de problématiques, nous formions un groupe étrangement uni, soudé par le désir brûlant de construire un monde moins inégal, et mû par l'envie de mettre nos forces au service d'une société plus respectueuse des hommes, des femmes et de la planète. Je crois qu'en fait, nous étions tous un peu fous. Lors d'un apéritif dans le hall, un Espagnol qui devait manifestement travailler sur des sujets relatifs à l'économie d'énergie tenta de m'expliquer dans un anglais très approximatif qu'il fallait absolument que je change de projet pour me réorienter vers la production de ma propre électricité à partir de mon fauteuil roulant, en me couvrant de panneaux solaires et de batteries pour stocker et revendre l'énergie produite par le fait de rouler.

Mais fort heureusement, un Estonien de deux mètres de haut vint à mon secours et finit par l'interrompre avec un visage glacial et un accent de méchant dans James Bond :

— *Your idea, it will never work.*

Je passai trois jours à osciller entre le fait de me demander ce que je faisais ici et comment j'étais arrivée là, et la certitude profonde d'être à ma place, entourée de personnes qui vivaient la même chose que moi. Mais ce qui marqua mon cœur encore plus profondément que le concours en lui-même, ce fut le regard et la beauté d'un homme afghan, Nesar, qui travaillait à l'hôtel et qui un matin m'offrit un café. Intimidés, nous n'avons échangé presque aucun mot, mais perdue dans mes pensées et le noir de ses yeux, je contemplai le mystère et l'ironie de cette situation : nous étions accueillis, logés et nourris avec toute la simplicité du monde par des hommes et des femmes émigrés qui avaient dû tout quitter et se faire rejeter de bon nombre d'endroits. Ici, ils étaient nos hôtes, avec toute l'ambivalence du mot, si bien qu'on ne savait plus très bien qui accueillait qui, parce qu'au fond la seule chose qui importe, c'est de se côtoyer.

Deux ans plus tard, je vis un événement sur Facebook qui réveilla le souvenir des yeux de Nesar sommeillant quelque part en moi : un « Startup Week-end Techfugees » à Paris. En un mot, il s'agissait d'un concours le temps d'un week-end. Le principe : réunir des startupers de la tech et des personnes réfugiées pour que, ensemble, en petites équipes concurrentes mélangées, ils créent une start-up et un prototype en 54 heures, avant de présenter le fruit de leurs nuits blanches à un jury. Je n'avais jamais participé à un événement de la sorte, je ne connaissais pas le sujet, je ne savais pas comment j'allais m'organiser pour survivre deux jours en autonomie sans personne pour m'aider dans les gestes du quotidien, mais je ne résistai pas à l'appel de l'aventure, et la présence lointaine d'une copine de prépa suffit à me convaincre d'oser. Affublées de T-shirts jaunes *« Last week-end, I created a start-up in 54 hours. What about you ? »* – en taille XS, le mien était beaucoup trop grand pour moi –, nous nous retrouvâmes toutes les deux immergées dans une salle sombre peuplée d'inconnus prêts à en découdre, assis sur des petits poufs avec des ordinateurs portables sur les genoux. Dix porteurs de projet exclusivement réfugiés défilaient sur scène pour présenter leur itinéraire de vie et une problématique à laquelle ils avaient été confrontés dans leur parcours d'exil, sur laquelle ils voulaient qu'une équipe travaille avec eux pendant le week-end.

— On se met avec Elias ?

— Allez !

Le parterre de poufs s'était transformé en une grande ruche d'entrepreneurs debout où il fallait se frayer un chemin à la recherche du porteur de projet convoité pour le convaincre de faire équipe avec nous. Elias était un jeune homme d'une vingtaine d'années, originaire de Syrie, qui paraissait frêle et avait une voix éraillée, comme si ses cordes vocales avaient encaissé seules les chocs de sa vie. Il voulait développer une application pour recenser les cours de français disponibles dans une ville en fonction de l'âge, de la langue d'origine et du statut administratif de la personne.

— Génial, merci Charlotte et Pauline de venir travailler avec moi. On va faire équipe avec Omar et Leila aussi.

Les organisateurs nous indiquèrent collectivement les deux grands buffets de nourriture et de boissons à notre disposition pour nous ravitailler pendant les heures intenses de travail qui nous attendaient, et nous invitèrent à nous répartir dans le bâtiment. À peine installés, un journaliste vint à notre rencontre pour comprendre qui nous étions, ce qui nous avait conduits ici et surtout mettre en lumière les parcours des participants exilés. Elias avait atterri en France deux ans auparavant après avoir fui la Syrie en passant par le Liban. Il était arrivé tout seul sans parler un mot de français et avait été pris en charge par une association qui proposait à des particuliers d'héberger des personnes exilées, le temps de se relever. Omar lui aussi était syrien, il avait les yeux bleus, ne parlait pas français mais anglais et était étudiant en informatique comme Elias. Il voulait rejoindre sa famille en Allemagne. Elias précisa au journaliste :

— Vous allez sûrement rencontrer beaucoup de migrants informaticiens ici, parce que le code informatique c'est la nouvelle langue universelle. Nous on vient de Syrie mais il y a aussi beaucoup de personnes qui viennent d'Afrique. Quand on ne parle pas la langue d'un pays, c'est le refuge le plus sûr. Comme le latin à l'époque en Europe.

— Et vous Leila ? Vous venez de quel pays ?

— Moi je suis française, se défendit la jeune femme. Je suis étudiante à l'ESCP, j'ai fait une prépa à Henri IV et je travaille dans un cabinet de conseil.

Le journaliste, confus, ne savait plus où se mettre. Il avait bêtement pris Leila pour une migrante parce qu'elle portait un hijab rose pâle. Alors, pour couvrir sa boulette, il s'efforça de poser la même question absurde à Pauline et moi, et nous nous accordâmes tacitement à jouer le jeu pour dissiper le malaise qui était palpable, honteusement soulagées que ce soit lui qui ait commis cet impair et pas l'une de nous… Au fond c'était une bonne leçon pour nous tous : l'étiquette de migrant ne se porte pas sur la figure. Comme au magdas HOTEL, au restaurant américain ou aux salons Autonomic, renoncer à savoir *a priori* qui l'on a en face de soi, que la personne ait l'air étrangère ou handicapée, et la considérer sur un pied d'égalité, c'est la voie d'une relation débarrassée d'étiquette. C'est accepter de ne pas assigner l'autre dans la résidence de nos préjugés.

Une fois le journaliste parti étudier une autre équipe, Elias commença à nous expliquer pourquoi selon lui il fallait créer une telle application : parce que les propositions de cours de français pour les étrangers étaient extrêmement nombreuses, mais qu'il était impossible de s'y retrouver tellement l'offre était éparpillée et dépendante de critères administratifs incompréhensibles. Il y avait des cours pour les primo-arrivants, d'autres pour les demandeurs d'asile, d'autres pour les réfugiés, d'autres pour les sans-papiers, certains pour les mineurs mais pas les mineurs non accompagnés qui eux dépendaient de l'ASE, d'autres pour les adultes mais pas les hommes... Bref, une véritable jungle dans laquelle on pouvait finir par se perdre et renoncer, surtout que pour comprendre toutes ces subtilités il fallait déjà maîtriser le français... Après quelques heures passées à étudier la situation et à faire connaissance, la nuit avançant, je finis par avouer à mon équipe :

— Les amis, je suis désolée mais je ne vais pas pouvoir passer les nuits ici. Il va falloir que je rentre chez moi parce que j'ai besoin que quelqu'un s'occupe de moi pour aller aux toilettes et dormir dans un lit… Du coup je vais vous faire faux bond, mais je vous rejoins demain matin ?

Ils échangèrent un coup d'œil délibérateur avant qu'Elias, en chef d'équipe, déclare au nom de tous :

— Eh bien comme ça on va en profiter pour tous rentrer dormir chez nous. On ne fera peut-être pas comme les autres équipes qui vont sûrement rester, mais dans notre team, on sera tous au même rythme. On se retrouve demain à 9 heures si ça vous va ?

J'étais très touchée qu'ils s'adaptent tous à ma situation particulière sans craindre que cela ne nous pénalise dans la compétition. Après tout, peut-être qu'une vraie nuit de sommeil et une bonne douche ne nous ralentiraient pas tant que ça, mais au contraire nous permettraient de garder les idées claires.

Le lendemain, nous nous répartîmes les rôles : Elias supervisait l'ensemble, Omar codait l'application pendant que Leila s'occupait du budget, Pauline écrivait la présentation orale, et moi je travaillais sur les partenariats et la communication. Nous avons entraîné Elias sans relâche comme des acharnés pour qu'il présente seul le projet, avec ce qu'il fallait de rigueur et de petites notes d'humour dans le but de convaincre le jury. Après 54 heures de travail (moins deux nuits !), notre équipe représentée par notre super porteur de projet finit par remporter le prix coup de cœur, avec une place dans un incubateur pour concrétiser cette première ébauche. Fier et ému, Elias remercia tous ceux qui étaient présents avant de confier qu'en plus, c'était le jour de son anniversaire. Alors toutes les abeilles de cette drôle de ruche qui n'avaient cessé de s'affairer tout le week-end entonnèrent un « Joyeux anniiveeersaiiire » à l'unisson, les yeux cernés de fatigue mais le cœur auréolé de liesse et de souvenirs à faire germer. Je savais que je rentrerais chez moi avec un nouveau trophée qui côtoierait celui de la Commission européenne sur une étagère, mais surtout avec un nouvel ami.

*

Après ma conversion, j'avais pris deux résolutions : aller à la messe le dimanche près de chez moi, et (re)découvrir les fondamentaux de la foi en me rendant tous les lundis à une soirée de prière-catéchisme pour les jeunes de 20 à 30 ans dans le Quartier latin, là où le prêtre m'avait donné cette fameuse paix du Christ. Mais hors de question d'en parler à qui que ce soit dans mon entourage, au risque de passer pour une girouette qui aurait cédé aux sirènes de la bienséance. Alors je me gardais bien de dire où j'allais en partant du bureau ces soirs-là, jusqu'au jour où, ayant trop bu lors d'un *afterwork*, je finis par confesser ce qui me semblait être un secret d'État à un collègue dans un bar. Je trouvais cela si beau de voir tous ces étudiants qui avaient l'air tout à fait cool et normaux prier à genoux, comme s'ils trouvaient dans cet espace de recueillement un repos et un dialogue aussi naturels que transcendants. Contempler leur piété faisait éclore la mienne et je ne cessais d'admirer que, dans le silence et l'apparente inertie, il puisse y avoir une telle vie cachée aux yeux du monde. Après un temps de prière, nous nous regroupions en petites équipes pour étudier des textes ou des figures de la Bible en tâchant de répondre à des questions auxquelles personne ne comprenait rien, avant d'être éclairés par le topo d'un prêtre brillant et de nous quitter en chantant un *Salve Regina* à mille voix qui résonnait sous le plafond de la nef étoilée.

Quant aux dimanches, ils m'offraient de découvrir un visage radicalement différent de l'Église : celui d'une communauté très populaire, pour ne pas dire pauvre, qui exultait de joie au rythme de la chorale africaine. À la fin de la messe, un petit groupe de femmes ivoiriennes se dépêchait d'installer des tréteaux sur le trottoir, et de sortir de leurs grands cabas en plastique des montagnes de nourriture qu'elles avaient dû passer des jours à préparer. J'avais beau ne connaître personne au début, je me suis instantanément retrouvée entourée d'une cinquantaine d'enfants qui ne parvenaient pas à choisir entre l'irrépressible envie de jouer avec mon chien et la terreur de l'approcher, formant ainsi un véritable essaim autour de nous d'où s'échappaient des cris en tout genre. India non plus ne savait pas où donner de la tête entre toutes les petites mains joueuses et les miettes de chips qu'il fallait absolument capter. Veillant à mon ravitaillement malgré les douves formées par leurs enfants autour de moi, les mamans parvenaient à se frayer un chemin pour m'inonder de jus de bissap ou de gingembre, et me gaver de poulet yassa, alloco, mafé ou tiep que j'étais au début bien incapable de différencier. Je chérissais ces moments de joie simple et exubérante qui ne ressemblaient à rien de ce que je connaissais, véritable soleil pour le reste de ma semaine, et retournais à mon quotidien d'entrepreneur comme si de rien n'était.

*

Mon travail me conduisait parfois à voyager dans des lieux où je n'aurais jamais imaginé avoir la chance d'aller. En 2018, un congrès international m'avait demandé de venir présenter mon entreprise à Malte pour la rencontre européenne des services sociaux. Comme pour mon séjour à Vienne, j'avais dû demander quelques faveurs logistiques, et m'y rendis cette fois encore accompagnée de mon associé, de ma mère... et de mon chien qui n'était pas encore là à l'époque autrichienne mais me suivait désormais dans tous mes déplacements, allongeant la liste de mon cortège.

Prendre l'avion était pour moi une véritable épreuve, car mon fauteuil électrique devait aller en soute, et il fallait donc m'installer à grand renfort de coussins et de pulls roulés en boule sur un siège d'avion beaucoup trop grand pour moi pour que je sois stable. Mes pieds ne touchaient pas le sol, ce qui permettait à India d'améliorer mon installation en me servant de repose-pied chauffant et ronflant. Mais le plus éprouvant, c'était le stress que mon fauteuil soit cassé par les équipes de manutention, ce qui ne manqua pas d'arriver, me privant ainsi de freins à l'arrivée. J'étais donc littéralement en roues libres pour ce séjour à Malte.

Une camionnette aménagée et carrée qui ressemblait à une papamobile nous conduisit de l'aéroport à l'hôtel qui accueillait l'événement, sous un soleil de plomb. Il ne me fallut pas longtemps pour oublier ma panne de fauteuil, émerveillée par l'immense piscine et la petite plage privée. Il faisait quarante et un degrés et mon chien haletait comme une locomotive.

Je devais faire ma présentation en début d'après-midi pour nourrir la réflexion des participants sur les sujets de mobilité des personnes en situation de handicap, puis nous avions quartier libre jusqu'au soir où il y avait des ateliers auxquels nous étions conviés, et pendant lesquels nous espérions rencontrer des interlocuteurs susceptibles de nous aider à ouvrir Wheeliz à l'étranger. Je leur racontai donc à quel point il était difficile de se déplacer au quotidien quand on était en fauteuil, comment j'avais décidé de créer un site de location de voitures aménagées qui reposait sur l'économie de partage, mais surtout que cette problématique ne pouvait être résolue que si toutes les sphères de la société travaillaient ensemble main dans la main : les particuliers, les associations, les entreprises privées et l'État, par l'intermédiaire des collectivités territoriales. Puis je profitai des autres interventions prévues pour m'éclipser mettre un maillot de bain et aller me baigner discrètement pendant que la piscine était déserte.

Je rejoignis Kevin qui avait été bien plus rapide que moi et qui me convainquit d'essayer plutôt la petite plage, m'offrant de me porter dans ses bras et de m'accompagner dans l'eau. J'étais un peu gênée de dévoiler mon corps, de cette proximité physique qui s'annonçait, mais il faisait trop chaud et nous nous connaissions depuis trop longtemps pour s'embarrasser de coquetteries. Mon buste et mes jambes flottaient sans problème, aussi il n'avait qu'à me soutenir la tête pour que je fasse la planche, ou me maintenir à la verticale contre lui. J'entendis le bruit étouffé de sa voix et l'interrompis :

— Attends répète j'entends rien j'ai les oreilles sous l'eau.

— Je crois qu'on va avoir de la visite, me dit-il en me relevant la tête.

Panique à bord. Les participants du colloque avaient déjà terminé, et ils se précipitaient tous à l'eau. Je demandai alors à Kevin de me sortir vite de là et de me remettre dans mon fauteuil pour que je me rhabille en vitesse, mais un délégué suédois ne nous en laissa pas le temps, et m'aborda tandis que j'étais recroquevillée et dégoulinante dans les bras de mon associé, lui offrant une vue plongeante sur mes fesses et toutes les cicatrices de mon dos. Kevin me rassit de guingois sur mon fauteuil qui était devenu brûlant au soleil, et je fis mine de rester digne devant mon interlocuteur qui continuait en anglais :

— C'était vraiment très intéressant, merci beaucoup. Vous savez en Suède on a le même problème, dans les grandes villes les transports sont accessibles mais dans les campagnes c'est beaucoup plus difficile pour les personnes handicapées de se déplacer. Vous êtes déjà venue en Suède ?

— Malheureusement non…

Impossible de cacher mes bras trop maigres, mes petits pieds tordus, mon ventre sans le moindre abdo. D'autres participants passèrent devant nous et vinrent se joindre à la conversation, m'encerclant et acquiesçant aux propos du Suédois, en espagnol et en italien.

— Et comment est-ce que vous faites pour les assurances ?

Je ne m'étais jamais sentie aussi vulnérable de toute ma vie, encombrée par la quasi-nudité de mon corps trop atypique pour rester professionnelle, recevant des cartes de visite que je ne savais pas où mettre.

*

Plusieurs amis, dont certains loin de l'Église, avaient accepté d'être présents à mes côtés le dimanche où je reçus le sacrement des malades. Nous étions quatre concernés ce jour-là et le curé nous demanda de nous avancer chacun notre tour pour nous présenter.

— Je m'appelle Chantal, j'ai 70 ans, j'étais infirmière et j'ai consacré toute mon existence à soigner les gens. Je n'ai pas d'enfants, je suis célibataire parce que ma vie c'était mon métier, et depuis deux ans j'ai la maladie de Parkinson. J'aimerais ne pas avoir peur d'affronter ça toute seule.

— Je m'appelle Joa-Marie, j'ai 16 ans, et j'ai... des problèmes dans ma tête.

— Je m'appelle Charlotte, j'ai 30 ans, j'ai toujours été en fauteuil mais il y a trois mois j'ai perdu l'usage de mes bras. Au début je voulais demander à Dieu la force d'accepter de demander de l'aide pour qu'on me donne à manger, mais en fait je préférerais un vrai miracle.

— Je m'appelle Kylian, j'ai 81 ans, maintenant je suis un vieux monsieur et je souffre d'un cancer qui me fatigue un peu là... J'aimerais rester vaillant pour être avec mes petits-enfants et mes arrière-petits-enfants.

Alors l'orchestre togolais fit péter les trompettes, et le clavier aux effets de clochettes kitsch réveilla le soleil qui inonda la petite église moderne toute en baies vitrées. L'Évangile annonçait :

« *En passant, Jésus vit un homme aveugle de naissance. Ses disciples l'interrogèrent : "Rabbi, qui a péché, lui ou ses parents, pour qu'il soit né aveugle ?" Jésus répondit : "Ni lui, ni ses parents n'ont péché. Mais c'était pour que les œuvres de Dieu se manifestent en lui".* »

Comment comprendre que la maladie puisse participer à manifester la gloire de Dieu ? Et ces œuvres, quelles étaient-elles ? S'agissait-il d'un mal nécessaire pour qu'advienne une guérison miraculeuse qui émerveillerait les témoins ? Ou bien la maladie dans ce qu'elle imposait de faiblesse et de pauvreté révélait-elle quelque chose de la grandeur de ce Dieu qui s'est fait homme et a assumé la fragilité de notre corps ?

Le prêtre s'approcha ensuite de nous pour nous imposer les mains, nous communiquant à distance un peu de sa chaleur. Le diacre lui porta un petit flacon d'huile sainte qui répandit une odeur de paradis dans toute l'église. Il oignit alors nos fronts et les paumes de nos mains en y traçant un signe de croix, dans un silence d'or. On pouvait sentir la force de la prière de l'assemblée nous envelopper de son manteau. Devant cette scène, chacun d'entre nous devait se retrouver confronté au mystère de la vulnérabilité de sa propre existence et de celle de ses proches d'une manière ou d'une autre. Puis la trompette et les maracas retentirent à nouveau au rythme de la louange, entraînant une déferlante d'allégresse à laquelle personne ne pouvait résister : « Il y a un nom, ce nom fait des merveilles, ce nom c'est Jésus. »

Après la messe, le père Martin m'avait proposé de déjeuner à la paroisse avec tous ceux qui voulaient m'entourer, mais mes amis non croyants n'étaient pas prêts à franchir ce seuil, et s'éclipsèrent donc discrètement. Sauf qu'au moment de passer à table, nous découvrîmes que l'ascenseur était en panne, me rappelant crûment ma condition de personne à mobilité réduite et mettant immédiatement ma foi à l'épreuve. Pour les miracles, il faudrait donc sûrement patienter encore un peu, et ne pas se décourager si tôt… Mais je découvris alors au travers des paroissiens une immense famille de tous les âges et de toutes les couleurs, prête à ne jamais me laisser seule et à débarquer faire la fête chez moi, en mangeant et en chantant, tous les dimanches de l'année.

*

Pendant le deuxième confinement, avec une petite équipe de jeunes de la paroisse menée par une toute jeune baptisée de 19 ans, nous avions voulu nous mobiliser pour aller à la rencontre des gens de la rue. Nous avions imaginé faire des maraudes pour le petit déjeuner le week-end autour de la porte d'Aubervilliers, car le nombre de personnes allongées sur les trottoirs avait explosé. Au même moment, Utopia 56, une association connue pour ses actions très militantes engagées en faveur de la défense des droits des personnes exilées, adressa un appel à l'aide à tous les lieux publics qui pourraient ouvrir leurs portes la nuit pour faire de l'hébergement d'urgence de familles à la rue. Nous décidâmes donc de constituer un groupe de bénévoles qui viendrait accueillir les personnes le soir, les installer sur des matelas gonflables dans l'unique salle dont disposait la paroisse, et revenir les réveiller le lendemain. Et comme nous avions toujours notre projet de petit déjeuner en tête, nous ferions d'une pierre deux coups et le prendrions avec les familles accueillies avant qu'elles ne retournent à la rue. Les règles étaient très claires : Utopia donnait rendez-vous à l'ensemble des familles à la rue le soir quelque part dans Paris, puis les répartissait par ordre de priorité en privilégiant celles avec des jeunes enfants et les femmes enceintes entre les différents lieux d'accueil. Un de leurs bénévoles se chargeait de conduire le groupe jusqu'à nous en métro, puis nous prenions le relais pour les installer. Les familles savaient qu'elles devaient quitter les lieux avant 9 heures le lendemain matin, et qu'en cas de problème elles ne seraient plus hébergées. L'association nous fournissait les matelas gonflables et les couvertures, nous nous occupions de laver les draps et de faire les courses pour le petit déjeuner qui relevait de notre initiative. Ce qui devait être un engagement ponctuel le temps du confinement pour pallier la fermeture des centres d'accueil se transforma en une mobilisation sur une année entière. Tous les soirs et tous les matins pendant un an, nous avons mobilisé une quarantaine de bénévoles qui se relayaient pour accueillir une quinzaine de personnes chaque nuit.

Étant plus limitée que les autres dans mes déplacements, surtout à des heures indues, et ne me sentant pas très utile pour gonfler des matelas et faire des lits, je m'étais rabattue sur une fonction support que je pouvais faire à distance. Je servais d'intermédiaire entre l'association et les bénévoles. Tous les soirs, je guettais mon téléphone pour transmettre à l'équipe sur place le nombre de couchages qu'il fallait prévoir, et leur donner la répartition des familles, sachant qu'il fallait jongler de façon astucieuse entre les matelas simples et doubles pour ne pas perdre de place et regrouper les membres d'une même famille tout en leur garantissant un minimum d'intimité. Il y avait parfois des situations de crise à gérer, des personnes dans des états de santé tellement alarmants qu'il fallait rester avec elles des heures en attendant les pompiers. Et des enfants… tellement d'enfants… dont la vie semblait se résumer à attendre dans la rue, dans le froid, qu'on leur redonne une place où dormir le soir avant de retourner à la rue le lendemain.

La première fois que j'ai participé physiquement à l'accueil, j'ai été remuée jusqu'aux entrailles. Il y avait un papa éthiopien seul avec ses quatre enfants entre 3 et 10 ans. Ils rêvaient de prendre une douche et de laver leurs vêtements, nous n'avions rien pour les aider, mais les enfants étaient débordants de vie. Ils riaient aux éclats, voulaient jouer avec mon chien, souriaient de toutes leurs dents pleines du Nutella que nous partagions avec eux. C'était extrêmement déstabilisant de sentir cohabiter une telle misère et une si grande joie. Je rentrai chez moi hantée par leur pauvreté et rongée par la culpabilité de tout le confort dont je jouissais égoïstement. J'avais un lave-linge, une salle de bains avec des serviettes propres et un canapé-lit dans mon salon. Et eux n'avaient rien, hormis deux valises qu'ils devaient trimballer partout. Comment ne pas partager ? Il me semblait que ma vie avec une famille d'Éthiopiens dans mon salon serait toujours moins inconfortable et chamboulée que la leur actuellement. Sentant que ma propension à la compassion était sur le point de me faire transgresser une ligne rouge, j'appelai Erwan, mon interlocuteur quotidien d'Utopia. Il devait savoir quelle était la juste posture à adopter, lui qui travaillait sur le terrain jour et nuit et devait supporter de laisser des centaines de personnes en détresse sans solution quand les hébergements étaient trop peu nombreux.

— Je comprends très bien, Charlotte. C'est normal. Mais même si ton cœur te fait flancher, c'est une décision qui doit être prise avec ta raison, et pas tes sentiments, parce que le cœur, il peut nous emmener trop loin. Notre rôle c'est d'agir, mais à notre place. Ce qu'on fait ensemble, et ce que tu fais, c'est déjà énorme. On sera toujours tentés de faire plus… Le secret c'est de se fixer une limite quand tu as la tête froide, par exemple « je ne donnerai pas d'argent » ou « je ne ferai pas rentrer les gens chez moi ». Tu la fixes toi-même maintenant. Et quoi qu'il arrive, même si tu es prise par l'émotion, tu ne déroges pas à la règle. Jamais. Je comprends que là ce soit tentant de faire venir cette famille chez toi, en plus ils sont super sympas les Mekuria, mais réfléchis au moyen terme. Tu fais quoi une fois qu'ils sont chez toi et que tu dois sortir ou partir en week-end ? Tu les laisses ? Tu les remets dehors ? C'est ingérable… Tu vas te retrouver dans des situations de dilemme encore pires que celle-ci. Et puis je vais dire un truc terrible, mais vrai. Le drame, c'est qu'on s'habitue à la misère. Au début ça fait très mal, et puis avec l'expérience on souffre moins, on se blinde. Et c'est ça qui nous permet de continuer d'agir concrètement dans la durée. Tu verras, ça viendra.

Je savais qu'il avait raison, et qu'il fallait que je lui fasse confiance parce qu'il avait de l'expérience que je n'avais pas. Je comprenais très bien, de façon rationnelle et objective, le besoin de prudence et de limites. Mais comment concilier cela avec la radicalité de la charité à laquelle nous exhortait l'Évangile ? Comment pouvait-on donner sa vie tout en se protégeant ?

Et puis avec le temps je compris qu'une petite place bien tenue sans rien d'ostentatoire avait tout de même de la valeur. Cela ne m'empêchait pas de toujours me cogner avec douleur aux murs que la raison m'imposait, mais j'acceptai de supporter cette remise en question perpétuelle et de vivre avec, comme l'on fait d'un rhumatisme qui se réveille par temps pluvieux mais nous rappelle la vie de notre corps, limité mais précieux. Comme dans la maladie, j'avais appris à consentir à mon impuissance, et à accepter que le bien advienne à travers elle.

*

Toutes ces activités et les rencontres que je faisais à l'église prenaient une place grandissante dans ma vie, tandis que la situation de Wheeliz devenait de plus en plus difficile à gérer. En effet, le Covid avait malmené notre activité, et il fallait redoubler d'efforts pour redresser la barre et trouver une solution de financement. Mais je vivais de tels moments de joie le week-end et à travers ces missions bénévoles que ma vie professionnelle me paraissait de plus en plus desséchante, et j'avais du mal à ne pas la négliger.

Cela faisait sept ans que j'avais créé Wheeliz, et plus le temps passait plus je me rendais compte que l'entrepreneuriat était un véritable sacerdoce dont on sortait difficilement. Je voyais tous les étudiants rêver de monter leur entreprise, et la société les y encourager largement, sans que personne les prévienne qu'il n'y aurait pas d'issue de secours. Contrairement à un salarié, je ne pouvais pas simplement décider de partir et changer d'entreprise, au risque que tout s'arrête. Même si c'était une belle aventure pleine de joie et de succès, je souffrais depuis plusieurs années du décalage entre le sourire constant qu'il fallait afficher et la solitude du chef d'entreprise qui m'étouffait par moments. Je trouvais cela épuisant de tout le temps devoir clamer que tout allait bien, à mes investisseurs, mes concurrents, mes partenaires, mes salariés, aux journalistes, aux amis de mes parents et même à ma grand-mère. Montrer ses doutes et ses difficultés est une chose impensable dans le monde de l'entrepreneuriat où la success-story est le seul modèle viable. J'avais même pensé à créer un club d'entrepreneurs dépressifs anonymes pour libérer la parole, avant de me rendre compte que moi-même, rattrapée par mon instinct de survie, je risquais de continuer à dissimuler mes failles.

L'entrepreneuriat avait fait de mon handicap une force et un sujet d'intérêt qui m'avaient certes fait gagner en notoriété, profitant à mon entreprise, mais il finissait par prendre la première place et m'interdisait de sortir du rôle qu'il me faisait jouer. Alors que mes nouvelles relations paroissiales, ignorant mes succès professionnels (bien que très relatifs...), m'autorisaient à me donner et à exister à travers autre chose que mon handicap. Il était toujours là, mais ce n'était pas un sujet.

*

Jusqu'à la dernière minute j'avais hésité à y aller, rongée par l'inquiétude de ne pas être à ma place. J'avais tout de même décidé de jouer cartes sur table avec les organisateurs de la soirée en leur expliquant ma situation. J'acceptais très volontiers leur invitation à dîner mais je ne pouvais plus manger seule, alors il fallait soit que je vienne accompagnée, soit qu'un autre invité me nourrisse... Insistant sur la dimension « confidentielle » de la soirée, qui d'ailleurs me posait fortement question, ils m'assurèrent qu'il serait délicat que quelqu'un d'extérieur m'accompagne, mais qu'ils seraient extrêmement vigilants à ce que je sois placée à côté d'une personne toute disposée à m'aider. Je craignais le pire, mais me résolus à tenter l'expérience plutôt que de renoncer avant d'avoir essayé. Quitte à ne jamais y retourner.

Après avoir donné mon nom à l'hôte d'accueil, je pénétrai dans un petit ascenseur au revêtement mural psychédélique, qui s'ouvrit sur une immense salle pleine d'hommes et de femmes debout en train de boire du champagne. Pas une seule tête connue. Le cauchemar pouvait commencer. À qui allais-je bien pouvoir parler pour ne pas avoir l'air complètement perdue, seule et abandonnée ? J'acceptai immédiatement un verre de courage liquide servi sur un plateau et demandai au serveur s'il pouvait le poser sur mon fauteuil entre mes genoux. Il me fallait maintenant trouver une proie avenante qui pourrait me tenir ma coupe pour que je boive. Je scrutai les têtes qui m'entouraient, reconnaissant ici ou là une ancienne ministre, un journaliste, une danseuse étoile que j'avais vus à la télé, et aperçus au loin les dreadlocks de mon ami Amir qui m'avait indirectement traînée dans ce traquenard en suggérant mon nom. Je me dirigeai vers lui, quand soudain mon verre perdit l'équilibre et se brisa par terre en mille morceaux, dans un vacarme qui fit se braquer sur moi une cinquantaine de paires d'yeux. J'avais réussi l'exploit d'une entrée on ne peut plus remarquée, au cas où mon fauteuil, ma combinaison rouge et mon chien d'assistance n'auraient pas suffi à attirer l'attention. Un homme happa aussitôt une autre coupe au vol sur un plateau et s'approcha de moi.

— Tenez. Vous voulez que je vous la tienne ?

— Merci oui c'est gentil.

— Je m'appelle David.

— Charlotte. Je veux bien une petite gorgée s'il vous plaît. Vous faites quoi, David ? Vous connaissez du monde ici ?

— Non pas grand monde… J'ai créé une entreprise qui aide les jeunes entrepreneurs issus des quartiers prioritaires, en banlieue surtout, à se lancer. Et toi ?

— Moi non plus je ne connais pas grand monde… J'ai créé une entreprise qui aide les personnes en fauteuil roulant à se déplacer. Tchin.

Après un sympathique moment passé à faire connaissance, un homme nous invita à consulter les plans de table. À chaque table il y aurait un profil politique, artistique, scientifique, entrepreneurial, régalien, journalistique et sportif. Je regardai Amir s'éloigner. La probabilité que les deux personnes en fauteuil de la soirée soient assises à la même table était faible, et je découvris mes nouveaux voisins : un député, une directrice de musée, un président d'université, un éditeur, une journaliste, et moi qui me sentais comme une stagiaire entourée de pontes. La journaliste me chuchota discrètement à l'oreille :

— On m'a dit que tu avais besoin d'aide, c'est moi qui vais te filer un coup de main, n'hésite pas à me dire tout ce que je dois faire.

— Ah merci c'est trop sympa ! Bah c'est simple, je vais avoir besoin d'aide pour tout, sauf pour raconter des bêtises.

Les plats raffinés concoctés par un chef étoilé furent servis au moment où je sentis mon téléphone vibrer sur mes genoux. C'était Erwan qui me donnait la liste quotidienne des familles qui seraient accueillies ce soir à la paroisse, m'écartelant brusquement entre deux univers que tout opposait. Malgré tout le faste et le prestige de la soirée, je pensais à Rosalie et Sullivan qui devaient être en train de gonfler les matelas sous les néons de la salle paroissiale en se chamaillant amoureusement, et à toutes les familles en train de boire une soupe coupée à l'eau chaude place de l'Hôtel de Ville en priant pour avoir un toit cette nuit. En scrutant bien le panorama depuis ce lieu merveilleux où nous dînions, je pourrais même sûrement les apercevoir à quelques rues de là. La bipolarité de la vie dans ce qu'elle avait de plus cruel me fit monter les larmes aux yeux et esquisser un sourire poli en même temps. Je ne savais plus où j'étais ni où je devais être. Je n'avais plus envie de parler de mon entreprise, même si elle faisait plutôt du bien à la société, ni de faire amie-amie avec des inconnus dans l'espoir de trouver de l'argent. J'avais envie de prendre le micro et de leur dire de tous aller se bouger le cul avec Rosalie et Sullivan au fin fond du 19e. Mais en réalité, je me contentai lâchement de laisser ma voisine faire de son mieux pour porter à ma bouche un morceau de dorade à la mousseline de yuzu, qui malgré toute sa bonne volonté dégringola sur ma combinaison, y laissant une grande balafre de gras. Je ne leur ferais malheureusement pas préparer de lits pour les migrants ce soir, mais ma petite humiliation, comme un étendard, servirait peut-être à rappeler que la vulnérabilité avait partagé leur table.

*

— Pardon messieurs-dames, poussez-vous s'il vous plaît !

La dame de la SNCF m'ouvrait la voie parmi la cohue des voyageurs gare de Lyon pour nous frayer un chemin jusqu'au train, et nous essayions tant bien que mal de ne pas perdre sa trace avec India et Camille qui m'avait convaincue de la laisser m'emmener à l'autre bout de la France pour quelques jours.

— Alors voiture 11... c'est tout au bout du quai, suivez-moi, on continue. Laissez passer s'il vous plaît !

Arrivées devant le bon wagon, la dame sortit une rampe en métal des entrailles du train, et actionna le mécanisme qui remonta le plancher du sas d'entrée, faisant ainsi disparaître les marches qui m'empêchaient d'accéder à ma place. Au moment de monter sur la rampe entre le quai et le plancher surélevé, je jetai un coup d'œil rapide sur l'écran à droite de la porte : Avignon, voiture 11.

— Euh... vous êtes sûre que c'est le bon train ?

— Bah oui pourquoi ? Vous allez bien à Montpellier ?

— Oui mais là c'est Avignon.

— Attendez j'appelle mon collègue. Clarisse pour JR, Clarisse pour JR. Oui dis-moi je suis avec la presta PMR pour le Montpellier 12h02, c'est bien voie 7 ?

— Ah non, le 12h02 c'est voie C ! 7 c'est Avignon.

Croisement de regards de panique, repliage de rampe express, et sprint dans toute la gare pour arriver à bon port.

— Cette fois c'est bien la bonne destination !

Une fois à bord, India s'affala au milieu du couloir, se fondit dans la moquette cramoisie, poussa un long soupir d'épuisement et amorça son opération sieste ponctuée de ronflements sonores qui avaient le mérite d'alerter les passagers pressés d'aller aux toilettes qu'il y avait devant eux un chien à enjamber.

À Montpellier, nous avions rendez-vous avec Yann, également en fauteuil roulant et propriétaire d'un Kangoo aménagé qui allait, grâce à

Wheeliz, le site que j'avais créé, me louer sa voiture quelques jours, le temps de mon périple dans le sud de la France.

— Bon bah voilà le carrosse. J'imagine que vous savez comment ça marche, pas besoin de vous expliquer ?

— Ça ira merci, j'ai la même à la maison...

— On peut faire une petite photo vite fait devant la voiture avant que vous partiez ?

— Oui bien sûr !

Une fois la pose immortalisée dans son téléphone, nous repartîmes pour la dernière étape de notre périple : deux heures et demie de route jusqu'à la tant convoitée abbaye de Lespry, au cœur des Corbières. Je n'avais jamais séjourné dans une abbaye, mais Camille m'en parlait régulièrement, des étoiles dans les yeux à l'idée de me faire découvrir ce lieu qu'elle aimait tant. Quittant l'autoroute, nous sillonnâmes des champs de vignes à perte de vue, dorés par la lumière de cette fin de journée d'été, avant d'emprunter une petite route de montagne sinueuse qui nous fit apercevoir le village de Lespry, traversé par une petite rivière nichée au fond de la vallée. L'imposante tour médiévale trônait majestueusement sur ce paysage de carte postale, où l'Orbieu dans son lit étincelait, les cigales chantant à l'ombre des cyprès.

— Je pense que le mieux c'est qu'on laisse la voiture ici, qu'on aille dire qu'on est arrivées et qu'après on aille à pied dans la maison des filles où on dort, me dit Camille en garant la voiture sur l'unique place handicapé du coin, qui jouxtait le mur d'enceinte du cimetière construit sur le flanc de la colline de calcaire.

Elle accrocha au dos de mon fauteuil mon bagage et le grand sac de provisions pour quatre jours, et nous nous approchâmes de l'immense portail en fer qui laissait admirer la cour d'honneur silencieuse de l'abbaye ornée de lauriers-roses. Au loin, la silhouette d'un jeune moine en habit blanc traversait l'espace dans un crépitement de graviers.

— Bonjour Camille, bonjour Charlotte, bienvenue à l'abbaye. Vous avez fait bon voyage ? Suivez-moi, je vais vous donner les clés de la maison. Surtout, si vous avez besoin de quoi que ce soit, n'hésitez pas, je ne suis pas sûr que tout soit aux normes ici !

Je continuai d'admirer l'immense cour carrée avec ses grandes fenêtres à l'étage, derrière lesquelles j'imaginais une salle de bal avant de me raviser en me disant qu'il était assez peu probable que les religieux aient une pièce de réception pour danser la valse.

— Tu veux qu'on fasse un petit tour à l'intérieur avant d'aller déposer nos bagages ? Viens, le cloître et l'église, c'est par là.

Je suivis Camille sur le chemin balisé par une petite chaîne, l'espace au-delà étant réservé aux moines, mais une marche interrompit net mon parcours entre la cour et le cloître. Heureusement, j'avais emporté une paire de rampes en métal portatives qui étaient accrochées sur mon fauteuil avec les autres sacs. Je devais ressembler à une grosse tortue de terre avec toute sa maison sur le dos. Le silence était tellement prégnant que le bruit métallique des rampes sur la pierre du sol m'apparut comme une déflagration. Tout comme le grincement de mon fauteuil qui roulait sur les dalles anciennes, et le cliquetis des griffes d'India. Le cloître était aussi beau que sobre, un équilibre parfait entre la grâce des massifs de lavande en fleur et la force de la pierre beige aux reflets marbrés. Une fois dans l'église, il fallait du temps pour que les yeux s'habituent à l'obscurité des voûtes de pierre combattue par un unique vitrail, meurtrière de lumière derrière l'autel, et que les corps s'acclimatent à la fraîcheur de l'endroit qui contrastait brusquement avec la torpeur du soleil au-dehors. À genoux, de dos, sur des prie-Dieu de bois, une dizaine d'hommes en blanc priaient les mains jointes dans un silence d'or. On entendait littéralement une mouche voler. Et le clac du frein de mon fauteuil qui s'arrêta résonna contre les murs sans pour autant sortir les religieux de leur profonde méditation. Cet espace sombre et frais, idéal pour une petite sieste, enchanta India qui s'affala aussitôt sur le sol froid, se recroquevilla en boule contre mon fauteuil et se mit à ronfler de tout son soûl, provoquant une vague de secousses d'épaules chez les moines hilares qui, loin de se douter qu'il s'agissait d'un chien, traquaient du coin de l'œil lequel de leurs frères avait bien pu sombrer dans le sommeil. Terrifiée à l'idée de saboter leur œuvre de sainteté, je réveillai la coupable d'un nouveau clac de fauteuil qui signifiait qu'il était temps de se remettre en route.

L'hébergement des filles ne se trouvait pas dans

l'abbaye mais dans une petite maison dédiée au cœur du vieux village. Une fois ressorties par le cloître, la petite marche, la cour et le grand portail, il fallait longer le mur d'enceinte dans une ruelle piétonne qui menait à un petit pont barrage au ras de la rivière, traverser en prenant garde que ni le chien ni le fauteuil ne tombent à l'eau, passer les remparts de la vieille ville fortifiée et s'engouffrer dans une minuscule venelle en galets. Camille ouvrit la porte de notre nouvelle maison dont l'intérieur me parut aussi sombre et frais que l'église. Au fond du salon-salle à manger, un petit balcon était suspendu au-dessus de l'eau et des grenouilles qui coassaient à l'heure de l'apéro.

Le miracle du lieu se produisit alors et le temps commença doucement à se dilater. J'étais partie pour ne rien faire d'autre que traverser la rivière cinq fois par jour afin d'assister aux offices des frères chantés en grégorien, et me laisser dérouter par le calme envoûtant qui régnait ici. Aucun réseau téléphonique (sauf au milieu du pont), aucun wifi, rien d'autre que la nature, les pierres et le silence. Cette perspective qui s'annonçait initialement pittoresque et dépaysante devenait désormais inquiétante et déjà lassante. C'était bon, j'avais eu mon shoot de silence et ma carte postale dans le viseur, maintenant qu'allais-je donc pouvoir faire ? Je voulais bien constater le silence mais il me paraissait beaucoup plus difficile de me laisser pétrir par lui. Toucher du doigt le fait que le temps se dilate mais refuser de me laisser dilater aussi. Préférer toujours *faire* plutôt que simplement *être*.

Après le dîner, nous retournâmes à l'abbaye pour les complies, le dernier office de la journée, et cette fois-ci la marche entre la cour et le cloître avait laissé place comme par magie à une grosse rampe en bois. Les frères arrivaient au compte-gouttes dans le chœur de l'église, accompagnés par le murmure de leur aube blanche en mouvement, et se tenaient debout, immobiles, bréviaire à la main, dans leurs stèles respectives. Si la Lune et les étoiles avaient été dotées de la parole, on les aurait peut-être imperceptiblement entendues au loin dans le crépuscule qui descendait. Puis à l'heure dite, une fois le dernier frère arrivé, une voix s'éleva du chœur en latin, invitant les autres à lui répondre à l'unisson, au rythme régulier des vagues sur le rivage. Depuis mille ans, des hommes s'étaient succédé ici en chantant jour après jour les mêmes psaumes, eux-mêmes hérités d'une tradition millénaire.

Tous les jours. Sept fois par jour. À la même heure. Toute leur vie. Les mêmes psaumes. Depuis mille ans.

Cette fidélité librement consentie me paraissait aussi inhumaine qu'admirable, et me questionnait sur mes propres résistances. Ce choix de vie radical, en opposition complète avec l'esprit de sur-sollicitation et de surconsommation du monde, était-il pure folie ou lumineuse lucidité ? Je pensais à mon ami Maxime, et me demandais si les moines ici avaient aussi envie de se jeter sous un RER et si le désespoir pouvait parvenir à faire son nid dans des vies si ascétiques.

À la fin de l'office, chaque frère sortit en silence gagner sa chambre ou prier en contemplant le ciel lors d'un dernier tour de cloître. La vision enchanteresse de ces hommes intercédant et marchant lentement dans la nuit au son des grillons, certains avec une capuche blanche qui les faisait ressembler à des mages, me fit me sentir à des années-lumière de la cohue de la gare de Lyon où je me tenais seulement douze heures plus tôt.

On ne pouvait pas ne pas se laisser transformer ici. La beauté avait gagné, échec et mat.

Le lendemain, je fis la connaissance du père Théophile qui avait pour mission de me rencontrer deux fois par jour pour m'écouter, discuter, me donner des conseils. Je le remerciai aussitôt pour la rampe qui avait surgi la veille.

— C'est le frère portier qui vous a vue en difficulté hier et qui a demandé au frère cuisinier s'il pouvait vous prêter la rampe qui sert à son chariot pour les plats. Le père André est en train d'en confectionner une nouvelle, plus jolie, qu'on pourra laisser ici à la place. Ce sera mieux ainsi.

J'étais touchée par leur sens de l'accueil et par la discrétion avec laquelle ils se mettaient au service sans faire de bruit, comme si le silence du lieu teintait leurs actions d'attention et d'humilité.

Le père Théophile était assez drôle derrière ses petites lunettes et ses cheveux très courts, et il rigolait tout le temps. Entre deux rendez-vous, sentant bien que j'avais une petite tendance à l'hyperactivité, il me suggérait des promenades aux alentours et des livres à lire au bord de la rivière dont nous reparlerions ensuite à l'ombre d'un grand pied de vigne palissé le long d'un mur de la cour.

Le troisième jour, il m'annonça :

— Cet après-midi je ne pourrai pas vous voir, c'est récréation pour les frères, on va jouer au foot avec les jeunes du village. Mais allez trouver le frère Pierre, il vous fera visiter le jardin.

Vers 16 heures, je me rendis donc dans la cour avec Camille, et aperçus un vieux frère portant un tablier gris par-dessus son aube, un chapeau de paille sur la tête et des sécateurs à la main, occupé à tailler les lauriers. Il était manifestement beaucoup plus âgé que les autres, ce qui expliquait sûrement qu'il reste ici pendant le match de foot.

— Bonjour, c'est vous le père Pierre ?

— Frère Pierre, oui c'est moi, mais je ne suis qu'un simple frère.

— Comment ça ?

— Les autres frères sont des pères, mais moi j'ai décidé de rester frère.

Devant mon air perplexe, il s'efforça de reprendre :

— Pour simplifier, les autres sont prêtres et moi pas.

— Ah bon, mais pourquoi ?

— Oh, je préfère être un petit serviteur… C'est là que le Seigneur m'a appelé. Est-ce que vous avez visité le jardin ?

Puis il ajouta :

— Attendez, avec le fauteuil il vaut mieux passer par l'extérieur.

Nous le suivîmes sur la route qui longeait l'enceinte, et la chaleur combinée à la longueur du trajet me fit craindre pour l'état de santé de cet homme très âgé que je faisais marcher malgré moi en plein cagnard. Une fois franchi le mur de clôture, il nous fit visiter les immenses jardins cachés au chevet de l'abbaye : jardins dédiés à la prière et au recueillement, espaces de balade ou de production vivrière dans lesquels poussaient des hectares d'herbes aromatiques, d'oliviers, d'amandiers et de pêchers. D'autres moines, qui devaient préférer avoir les mains dans la terre plutôt que des crampons aux pieds, bêchaient le sol et cueillaient des fruits, en robe non pas blanche mais brune, beaucoup moins salissante. Au moment de repartir, le frère Pierre nous dit :

— Venez, je vais vous montrer l'endroit où reposent nos frères.

Et il nous conduisit dans une partie du jardin ouvert, où se dressaient de grandes croix en bois toutes simples plantées dans le sol. Des arbres d'un autre genre.

— Je voudrais vous parler du petit frère Vincent. On l'aimait beaucoup. Il a voulu rentrer dans la vie religieuse à 27 ans, en sachant qu'il était atteint d'une maladie qui allait le rendre de plus en plus dépendant. La maladie de Charcot, peut-être que vous connaissez ? On s'est beaucoup interrogés parce qu'on savait qu'il allait falloir s'organiser pour l'accompagner et l'aider au quotidien, et de plus en plus. Petit à petit il n'a plus pu marcher. Puis un jour il n'a plus pu parler. Mais vous savez, c'était un homme d'une grande sagesse et d'une force spirituelle remarquable. Et plus il était paralysé et incapable de bouger, plus les gens venaient le rencontrer, alors même qu'il ne pouvait plus parler. C'était comme si sa seule présence suffisait à leur apporter des réponses, comme des lumières. Juste avec les yeux ou un petit sourire. Le cardinal Beauchamp venait régulièrement le voir ici, et il repartait toujours transformé. Le petit frère a vraiment marqué notre communauté. Et il priait pour toutes ces personnes… si vous saviez comme il priait pour elles ! Malheureusement, il nous a quittés il y a huit ans, à l'âge de 39 ans. Il nous a tant donné… Juste avec les yeux…

Quel sort étrange que d'avoir tout quitté, tout donné pour Dieu, et de devoir se sentir dépossédé jusqu'à son corps. Le sort de cet homme était-il un mal absurde et scandaleux ou bien le prolongement cohérent et sanctifiant de son entreprise de dépossession ? Ne pas accepter la maladie, était-ce une forme d'avarice non pas de biens matériels mais de sa santé ? Comment pouvait-on être une telle source de richesse spirituelle pour les autres quand on n'avait plus qu'une présence immobile et silencieuse à offrir ? « Juste avec les yeux. » C'était le foyer insubmersible, la quintessence irréductible de la vie à l'état brut, débarrassée de tous les atours qu'elle nous avait généreusement prêtés et auxquels on se cramponnait avidement. Pourquoi était-ce si universellement difficile d'ouvrir les mains ?

*

Je devais trouver de l'argent pour assurer la pérennité de Wheeliz, qui continuait de se développer mais pas suffisamment pour compenser les salaires de l'équipe. J'avais déjà rencontré une dizaine de fonds d'investissement « à impact », c'est-à-dire qui n'investissaient que dans des projets vertueux pour la société et l'environnement, par opposition aux énormes start-up comme Deliveroo ou autres applications de livraison de courses à domicile qui affichaient des perspectives de retour sur investissement juteuses mais délétères sur le plan social. À chaque fois, le même scénario se répétait :

— Oh mais c'est formidable ce que vous faites ! Notre monde a tellement besoin de plus d'inclusion et d'accessibilité pour les personnes handicapées ! Ah... mais si on investit chez vous on ne récupère pas notre argent avant... cinq ans... Mmmh... Écoutez, on va passer notre tour. On préfère des projets avec un retour sur investissement rapide. Vous avez pensé à augmenter vos prix ? Ce n'est pas possible ? Dommage... Surtout, rappelez-nous quand vous aurez réussi à lever des fonds ! On sera là. Vous savez, nous sommes un fonds d'investissement responsable et solidaire, toujours présent pour les entrepreneurs qui veulent créer un monde meilleur.

Plus les rendez-vous se succédaient, moins je croyais au discours de ces investisseurs qui se revendiquaient engagés mais cherchaient malgré tout une rentabilité aussi dopée que celle des acteurs qu'ils fustigeaient. Dans le monde du financement, il valait clairement mieux être une entreprise avec un produit inutile mais qui laissait entrevoir de belles perspectives de gagner de l'argent rapidement, plutôt que l'inverse. Et j'étais clairement du côté inverse. Une start-up qui était hébergée dans le même immeuble que nous et qui développait des robots pour guider les personnes non voyantes avait réussi à lever des millions auprès de fonds « à impact », parce que les investisseurs voyaient dans ces robots une solution technologique qui pouvait être revendue à l'armée… Un projet vertueux, comme une plante, doit respecter un rythme de croissance naturel avant d'arriver à maturité, sinon il y a de fortes chances qu'il ait bénéficié d'un effet de serre ou d'hormones de croissance.

J'avais l'impression de vivre enfermée dans un tableau Excel, faisant des prévisions on ne peut moins certaines, essayant désespérément de jongler entre la ligne des dépenses et celle des revenus, ajoutant des coefficients de croissance au doigt mouillé, pas trop bas pour donner envie mais pas trop hauts pour rester crédible. L'art du business plan s'avérait être une science occulte pour les initiés de la levée de fonds, une sorte de cartomancie du compte de résultat, dont je n'avais manifestement pas réussi à percer le secret. Les potentiels investisseurs à qui je le présentais me faisaient tourner en bourrique en me répondant soit : « C'est bien, parce que vous êtes réaliste. Mais pas assez sexy. Nous on veut voir un *blue sky* », soit : « C'est bien, parce que vous donnez envie, mais on n'y croit pas. Vous n'êtes pas assez réaliste. »

La clé de notre survie résidait quelque part entre deux prédictions de pourcentages minutieusement cryptés que je m'évertuais à chercher et dont je finissais par douter de l'existence. Les rendez-vous s'enchaînaient, les faux espoirs s'accumulaient, laissant au fur et à mesure quelques marques discrètes sur nos visages, aux coins de nos yeux qui se ridaient et parmi nos cheveux qui blanchissaient.

Mais de cette inquiétude, il fallait ne surtout rien montrer, comme un cavalier désarçonné par son cheval prêt à toujours remonter en selle. Il fallait continuer de partir à la rencontre de nouveaux interlocuteurs devant qui il faudrait garder la tête bien haute. Jusqu'au jour où c'est mon corps qui, sans crier gare, a fini par dire stop.

*

J'avais une semaine particulièrement chargée, et je m'étonnais que les personnes qui s'occupaient de moi pour me lever, me coucher ou me conduire à mes divers rendez-vous accusent le coup et n'arrivent plus à suivre mon rythme effréné alors qu'elles étaient plusieurs à se relayer. Je les trouvais même bien peu endurantes, alors que moi j'étais inarrêtable, comme un TGV lancé à toute blinde sur les rails du « il faut » et « on doit ». J'avais donc enchaîné une soirée devant des acteurs de la mobilité où je *devais* présenter mon parcours et mon entreprise, ce qui impliquait de rentrer chez moi après minuit, avant de me relever à 4h15 pour faire un aller-retour en train dans la journée avec Kevin, car il *fallait* que nous rencontrions le conseiller aux transports de la région Occitanie. Lever à 4h15 pour un train à 6 heures, arrivée à Toulouse à 11h15, rendez-vous à 14 heures, et retour en train à 17h20 pour arriver à Paris à 23h40 avant un retour à la maison à 00h30. Tout ça sans pouvoir aller aux toilettes une seule fois, soit presque vingt et une heures sans faire pipi. Si je gérais bien ma consommation, et que je ne buvais pas une goutte de bière ou de thé vert, ça devait pouvoir le faire, en priant pour qu'il n'y ait pas de retard au retour. Une fois rentrée chez moi, la vessie sur le point d'exploser et la gorge desséchée, mais tous les paramètres vitaux désormais remis à niveau, je m'endormis, pas peu fière d'avoir survécu à cet exploit, avant de *devoir* reprendre un autre train le lendemain pour trois jours de salon à Lyon où nous *devions* tenir un stand. Ces journées étaient particulièrement éprouvantes parce qu'il fallait se répéter sans cesse, dans le brouhaha de la grande halle d'exposition, et toujours rester aimable et courtois avec les personnes qui venaient découvrir notre entreprise. Mais Guillaume, notre stagiaire, était soudain devenu aussi blafard que l'éclairage des néons du plafond.

— Qu'est-ce qui se passe ? m'inquiétai-je.

— Rien… enfin… si… Mais je ne sais pas si je dois te le dire…

— Bah si, maintenant t'es obligé. T'en fais pas, raconte-moi.

— La dame à qui je parlais, elle m'a demandé ce que tu avais. Je lui ai expliqué que c'était toi la fondatrice et la boss et que c'est parce que tu étais en fauteuil que tu avais eu l'idée de créer la boîte. Et elle t'a regardée en disant : « Mais moi à sa place, je me serais suicidée. » Ça m'a trop choqué, je suis désolé, c'est horrible de dire ça. En plus c'est abusé, y a que des gens avec des handicaps ici, je sais pas pourquoi elle m'a dit ça, c'est super violent.

Touchée par la méchanceté de la remarque de cette dame autant que par sa bêtise, mais surtout soucieuse qu'elle ne plombe pas le moral de mes troupes, je décidai que nous n'avions pas d'énergie à y consacrer, et enchaînai :

— On s'en fout, laisse tomber. Viens avec moi, on va tracter sur le parking, ça fera faire un tour à India.

Hélas, mon tour de force n'était pas encore

terminé, car après Lyon j'avais un rendez-vous capital, le soir même de mon retour à Paris, devant un parterre d'investisseurs, dont Nicolas Fleuron, le fondateur d'une licorne française que j'admirais beaucoup, que j'avais déjà eu la chance de rencontrer. Malheureusement, la salle où ils se réunissaient n'était pas accessible pour mon fauteuil, alors l'organisatrice de l'événement avait proposé que je « pitche en visio », depuis chez moi. Je m'étais donc autorisée à me mettre en pyjama incognito, ne dévoilant que les épaules d'un T-shirt noir qui pouvait passer pour très correct tant que la grosse tête de Johnny Hallyday qui l'ornait ne dépassait pas du cadre de ma webcam. Pour que l'illusion soit parfaite, j'avais tout de même mis une paire de grosses boucles d'oreilles. On n'y verrait que du feu.

Mais au moment de prendre la parole, tout l'oxygène qui était dans la pièce disparut tout à coup, me laissant suffocante, cherchant désespérément un peu d'air pour ne pas crever en direct devant mon écran. Impossible d'aligner deux mots sans devoir reprendre mon souffle bruyamment. Je ne parvenais plus à penser à ce que je disais tellement j'étais concentrée sur le fait que je *devais, impérativement, à tout prix*, arriver au bout de cette présentation. *Quoi qu'il en coûte* à mon corps, même si je devais m'écrouler après. Je ne pouvais pas perdre la face comme ça, d'un coup. Pas maintenant. Pas devant eux. Alors, dans une ultime tentative de reprendre le contrôle que j'avais déjà perdu, je rassemblai les maigres forces qu'il me restait pour avancer pas à pas, slide après slide, mot à mot, respiration après respiration, en tâchant d'ignorer les regards inquiets de ces investisseurs qui devaient se dire : « Mais enfin, on ne va tout de même pas investir dans l'entreprise d'une fille handicapée qui est sur le point de mourir. »

Après ma dernière palabre bien laborieuse, un silence de mort se fit, remplissant mes yeux de larmes. J'espérai que l'image soit très floue.

L'organisatrice osa alors rompre l'émotion collective de cette scène d'agonie infernale en demandant du bout des lèvres :

— Est-ce que quelqu'un a des questions pour Charlotte ?

Mais personne n'était assez cruel pour me demander de faire un pas de plus. J'en aurais été incapable. Alors au milieu de cette tacite absence de réaction, l'hallali retentit enfin, mettant fin à mes souffrances, et mon écran redevint noir après un dernier adieu. Les flots que mes paupières s'efforçaient de contenir se déversèrent alors dans mon cou et sur la tête de Johnny, qui chantait : « Oh fini, fini pour moi ! » Et, à travers ce mur d'eau, j'essayai de déchiffrer le message qui venait de s'afficher sur mon téléphone :

« Tu as été très courageuse. Nicolas. »

Je n'avais maintenant plus qu'à sombrer.

*

Dormir et pleurer. C'étaient les deux seules choses dont je fus capable pendant trois semaines. Même pas regarder une petite série pour me remonter le moral. Non. Dormir et pleurer, c'était littéralement et exclusivement tout ce que je pouvais faire, et je ne voyais pas comment un jour il pourrait de nouveau en être autrement. Je me sentais humiliée. J'avais failli, publiquement, devant toute la place financière de Paris, et devant mes salariés, qui attendaient qu'enfin je leur annonce qu'à nouveau on avait trouvé de l'argent. Tout ce poids, c'était trop lourd à porter pour mes petites épaules bien chétives. Peut-être que par orgueil, j'avais à cœur d'être toujours ultra dynamique, de sans cesse gravir des montagnes pour faire oublier un peu mon handicap... Et là j'avais été prise en flagrant délit de faiblesse. C'était terrible.

J'avais l'impression que mon cerveau avait disjoncté, et qu'il ne pourrait plus jamais retourner au bureau. La moindre tâche professionnelle me donnait envie de vomir, et je me rendis compte à quel point le travail en entreprise pouvait être sec. Intellectuellement et spirituellement. J'avais une gueule de bois carabinée, et j'avais soif. Mais pas soif d'eau. J'avais soif de beau. Soif d'aller me promener dans le Quartier latin, loin des tours de la porte de la Chapelle, de me perdre dans les ailes d'un musée, de me laisser nettoyer les yeux par toutes les couleurs et la lumière qui jaillissaient des tableaux. Soif d'apprendre, de réfléchir, d'être rassasiée intellectuellement par autre chose que des business plans fictifs et des conseils vaniteux pour faire de l'acquisition clients bidon. Nourrie, avec de la vraie nourriture, qui me tiendrait au corps et au cœur. J'étais épuisée mais j'avais envie de me frotter à quelque chose de difficile, de trouver un gros os à ronger pour oublier tout le reste. Dormir, arrêter de pleurer et lire Spinoza.

C'est comme ça que je me suis retrouvée à pousser la porte du Collège des Bernardins, un lieu d'études construit au XIIIe siècle, qui enseigne la philosophie et la théologie sous un ciel d'arcs gothiques en plein Paris. Je ne pouvais envisager de retourner au bureau qu'avec un traitement strict : une journée par semaine pour étudier la philo et voir du beau. Aussi m'étais-je inscrite à un cours de « philosophie et théologie de la culture », le mercredi après-midi. J'étais mi-gênée, mi-amusée qu'il n'y ait que des retraités inscrits avec moi. Les personnes âgées connaissent les bonnes choses de la vie, me suis-je dit. Ce cours était passionnant, même si je me sentais complètement larguée. Je sortais de là le cerveau en bouillie, anesthésiée pour les six prochains jours, tranquillisée pour affronter mes responsabilités de cheffe d'entreprise.

— En vrai ça a l'air cool tes cours, tu pourras me filer tes notes ?

Mon ami Maxime sortait doucement de sa

dépression, il avait quitté son job si bien payé dans la data et essayait de se débarrasser de ses idées noires en faisant de l'escalade, en plantant des tomates sur son balcon et en lisant des livres reliés : *Et quelquefois, j'ai comme une grande idée.*

La soif de sens et de beauté était en fait une maladie bien plus répandue que je ne l'aurais cru.

*

5 heures du matin, réveil brûlant en claquant des dents, une douleur sournoise au cœur du poumon, c'était sûr, j'avais le Covid. La veille au soir, Édouard Philippe avait annoncé la fermeture des bars et des restaurants pour la première fois, et j'avais assisté à ce spectacle, terrifiée, devant la télévision de chez mes parents, recluse pour ne surtout rien attraper. Depuis plusieurs semaines j'avais commencé à devenir un peu paranoïaque, car un médecin de l'hôpital m'avait appelée pour me prévenir que le virus chinois pouvait m'être fatal, et qu'il fallait que je fasse très attention de ne pas l'attraper étant donné ma toute petite capacité respiratoire. Avant même que la France n'entende parler de confinement, nous étions

tous passés au télétravail à 100 % chez Wheeliz, et je ne sortais plus de chez moi, pas même pour promener mon chien.

— Mais non c'est pas le Covid, t'es parano. Il y a genre vingt cas en France, t'es pas sortie depuis quinze jours. Rendors-toi.

— Non mais je te jure, je me sens vraiment mal. Touche mon front. Faut qu'on appelle le SAMU.

Trente minutes plus tard, ma sœur qui avait passé la nuit avec moi m'accompagnait aux urgences.

— On va vous faire plusieurs tests. Un pour la grippe. Et un pour le Covid, mais pour le Covid il faut envoyer l'échantillon dans un laboratoire spécialisé, donc on risque de ne pas avoir les résultats avant ce soir. En attendant vous êtes un cas suspect. Et votre sœur aussi, mais on ne pourra pas la tester, parce qu'on n'a pas assez de tests. Donc on va vous mettre en isolement toutes les deux, et on revient vous voir dès qu'on a les résultats. En cas de problème, vous pouvez sonner.

Cloîtrées dans une minuscule salle sans fenêtre, je commençais à me dire qu'après tout, j'étais peut-être hypocondriaque et que ça ne valait pas le coup de se laisser enfermer ici jusqu'à nouvel ordre, avec ma pauvre sœur qui n'avait rien demandé.

L'infirmière affublée de protections qui la faisaient ressembler à un apiculteur revint nous annoncer :

— On a les résultats pour la grippe, c'est pas ça. Du coup, on va vous transférer en unité Covid. Mais votre sœur ne pourra pas venir avec vous.

— Comment ça, elle ne pourra pas venir avec moi ? Mais comment je vais faire ? J'ai besoin d'aide tout le temps, pour tout, pour boire un verre d'eau, même pour appuyer sur la sonnette ! C'est impossible, je ne peux pas rester seule...

La vision apocalyptique des malades en réanimation sous respirateur et la perspective de me retrouver seule au milieu d'eux pendant trois semaines me firent instantanément fondre en larmes. Je voyais ma sœur hésiter entre le soulagement de rentrer chez elle et l'inquiétude de m'abandonner aux portes de l'enfer.

— Venez, le service Covid, c'est par là.

J'étais en train de vivre mon pire cauchemar : m'éloigner de ma sœur dans un couloir d'hôpital direction le mouroir sans personne pour m'accompagner.

— Attendez ! Elle a vraiment besoin d'aide pour tout faire, même pour brancher son téléphone. Je ne vois pas comment vous allez pouvoir gérer. Je viens avec elle.

— Mais on n'aura pas de lit pour vous ni de plateau-repas.

— C'est pas grave. On partagera. Je dormirai sur une chaise.

Coup de téléphone des parents.

— Oui coucou, alors comment s'est passé ton week-end ?

— Alors... comment dire... pas ouf. Il se trouve que là on est à l'hôpital enfermées avec Sophie parce que j'ai le Covid.

— Non tu rigoles ?

— En soi ça va, j'ai juste énormément de fièvre, mais je ne sais pas comment on va sortir de là.

— Et Sophie ça va ?

— Ça va, répondit cette dernière, par contre,

j'aime beaucoup ma sœur hein, mais je dors pas sur une chaise pendant trois semaines !

Le lendemain matin, après une nuit blanche ponctuée d'appels au secours pour avoir une dose toujours plus forte de paracétamol, nous nous rendîmes à l'évidence. C'était impossible de rester ici. À chaque fois que ma sœur appuyait sur la sonnette, un infirmier devait revêtir une combinaison intégrale avec gants et lunettes avant d'entrebâiller la porte, puis se déshabiller et tout jeter à la poubelle, aller chercher un verre d'eau puis se revêtir de protections pour entrer à nouveau et encore tout enlever et jeter en sortant. Les hôpitaux allaient bientôt être saturés. J'avais beau être malade et très à risque, dans la mesure où quelqu'un devait se sacrifier pour rester avec moi, autant être confinées à la maison et libérer la place. Surtout que je n'éprouvais pas de difficultés à respirer. Aussi, après des négociations acharnées avec les médecins, je réussis à signer une décharge et à regagner la sortie.

— Ça va être la guerre à Paris. On nous a dit que demain, Macron allait annoncer un confinement généralisé. Je ne devrais pas vous dire ça mais si vous avez la possibilité de quitter l'Île-de-France, faites-le. Et surtout, si ça ne va pas, retournez dans un autre hôpital.

*

Déplacer des personnes vulnérables en période de pandémie mondiale et de confinement n'était clairement pas une activité stratégique et rentable en 2020. Du jour au lendemain, les locations se sont arrêtées net chez Wheeliz, à l'exception de quelques personnes qui avaient besoin d'assister à des funérailles… Toute l'équipe s'est donc retrouvée au chômage partiel à 90 %, et les 10 % restants correspondaient à une demi-journée où on avait décidé de se rassembler en visio pour maintenir les liens et briser la solitude de ceux qui étaient confinés seuls. Plus le temps passait, plus je commençais à me rendre compte de façon évidente que je n'étais plus aussi épanouie et motivée qu'avant. J'avais adoré fonder cette entreprise, trouver les bonnes personnes pour la faire décoller et imaginer le site internet, mais gérer une boîte ne me rendait pas heureuse. J'étais faite pour créer. Aussi l'appel d'air induit par le confinement me poussa-t-il à me projeter dans un nouvel avenir absurde. Et si je plaquais tout pour devenir agricultrice ? La vue de trois salades et deux patates minuscules qui avaient poussé au fond du jardin avait fait naître en moi des lubies et des espoirs aussi improbables que ridicules, et j'avais commencé à suivre une formation en ligne sur la permaculture.

Mais le confinement charria aussi son lot de drames et de mauvaises nouvelles. À commencer par le propriétaire de mon appartement, qui décida de le récupérer pour lui et de me donner congé. Je devais donc rechercher un nouveau lieu de vie accessible à mon fauteuil et à un prix abordable. Et il y avait de fortes chances que cela m'éloigne de ma paroisse dans le 19e arrondissement. Puis ma grand-mère adorée, qui était un peu la figure spirituelle de la famille, animée d'une grande foi, chuta dans sa maison de retraite et décéda quelques jours après à l'hôpital sans que l'on puisse venir lui dire au revoir. Je me retrouvai donc en deuil, perdue dans mes projets professionnels et personnels, me demandant où je devais aller et ce que je devais faire. Vivre à la campagne ? Quitter Wheeliz ? Devenir agricultrice ? Rester à Paris ? J'étais perdue. Du fond de cette nuit sans étoiles, je me rappelle avoir prié et demandé à Dieu avec une intensité bien particulière : « Seigneur, quel est ton plan pour moi ? Où est-ce que tu m'attends ? Je t'en prie, réponds-moi. »

Et contre toute attente, le miracle se produisit.

*

On avait traversé la France déserte pour rejoindre le Sud où ma grand-mère allait être enterrée en tout petit comité à cause des limitations imposées par le Covid. C'était le dimanche 3 mai, quelques jours après ses funérailles qui avaient eu lieu le mercredi, et j'attendais dans le salon de sa maison près de Nîmes que la messe démarre à la télévision, car à cette époque, hormis pour les enterrements, les églises étaient fermées. Avec ma mère, nous étions les seules croyantes et pratiquantes, et nous avions réussi à privatiser la pièce une heure le dimanche matin, pour regarder la messe sur YouTube. Il devait être 10h55, la télé affichait le message « La messe de 11 heures va bientôt démarrer ». Une scène bien banale et ennuyeuse. Quand, tout à coup, une voix particulièrement claire et surprenante a parlé aux oreilles de mon cœur et a prononcé ces mots : « vierge consacrée ». Ce n'était pas *ma* petite voix intérieure comme on en a tous une. J'aurais pu jurer l'avoir entendue avec mes oreilles tellement elle m'a surprise. Mais il n'y avait personne avec moi, j'étais seule, et je n'avais jamais entendu ces mots étranges de toute ma vie.

Vierge consaquoi ? Je n'avais aucune idée de ce que cela signifiait, et le seul imaginaire que cela convoqua en moi était celui des Vestales, ou bien une scène antique de sacrifice de jeunes filles pour le Minotaure. Mais ces deux mots étaient tellement clairs qu'aussitôt je cherchai sur mon téléphone ce que cela signifiait. Et là... Stupéfaction.

Je découvris cette forme de vie religieuse dont je n'avais jamais entendu parler. La plus ancienne forme de vie consacrée pour les femmes, datant des tout premiers siècles après Jésus-Christ, bien avant que les religieuses ne se retrouvent en communauté dans des couvents. Cette forme de vie était alors tombée en désuétude et avait disparu, avant de réapparaître il y a quelques décennies. Les vierges consacrées étaient des femmes qui avaient choisi de donner leur vie à Dieu, en faisant vœu de chasteté, de se consacrer à la prière et au service des plus pauvres et des plus fragiles, tout en travaillant et vivant de manière indépendante dans le monde normal, sans porter de signes ni d'habits distinctifs, et sans communauté. J'étais fascinée et je me demandais comment j'avais pu ne jamais en entendre parler. J'ai dévoré la page Wikipédia, sans rien écouter de la messe qui avait commencé depuis bien longtemps, sauf une parole du prêtre au moment de la prière universelle qui me toucha en plein cœur :

— Seigneur, en cette journée mondiale de prière pour les vocations, nous te prions.

Tout devint alors limpide comme de l'eau de roche. Ma vocation, c'était ça. La réponse de Dieu à mes prières, c'était ça. Il se fichait que j'habite à Paris, à Aubervilliers ou à la campagne. Que je sois agricultrice ou cheffe d'entreprise. Moi qui attendais une réponse concrète et très matérielle, je découvrais tout à coup que le Seigneur me proposait un chemin de bonheur bien plus grand que tout ce que j'avais pu imaginer, et qu'Il me laissait toute la liberté de mener la vie que je voulais. Il fallait juste que je croie Ses paroles, et que je consente à dire oui à la forme de vie qu'Il savait être celle qui me rendrait heureuse.

À la fin de la messe et de cette épiphanie clandestine, je jetai un regard sondeur à ma mère qui semblait n'avoir rien remarqué. Je repris soudain mes esprits, et me dis : « OK, pas de panique. Très concrètement, tu viens d'entendre une voix dans le salon de ta grand-mère morte, en regardant la messe sur YouTube, qui t'a dit de devenir bonne sœur. Tu es folle. Qui va te croire ? Qu'est-ce qu'on fait ? Impossible d'en parler à qui que ce soit ici. Je te rappelle que tu as écrit un livre en 2014 dans lequel tu as explicitement dit que jamais ô grand jamais tu ne serais ni bouchère ni religieuse. C'est du délire. Mais en même temps ça paraît tellement évident. Il faut en parler à quelqu'un. »

Je me réfugiai alors tout au fond du jardin, bien cachée derrière les massifs de lauriers-roses, à l'abri des regards et des oreilles de ma famille et de mes cousins, et la scène de la lettre déchirée en mille morceaux de l'amie de ma grand-mère qui me disait qu'un jour je serais avec le Christ me revint en mémoire. Je l'avais éparpillée dans ce même jardin. Quelque part, dans la terre de ces plates-bandes où je me trouvais, reposait sa prophétie. Je décidai d'appeler un ami prêtre avec qui je m'entendais bien.

— Salut père Joseph, comment ça va ?

— Écoute ça va, je fais de la distribution de paniers-repas qu'il faut livrer avec la voiture. Ça me permet d'occuper les journées et de sortir un peu. Et toi ?

— Très bien. Je voulais te demander : tu sais ce que c'est, les vierges consacrées ?

— Les vierges consacrées ? J'en connaissais une quand j'étais jeune, mais je t'avoue que je ne connais pas très bien. Pourquoi tu me demandes ça ?

— Je ne sais pas... Je me pose des questions... Mais il faudrait que j'en parle à quelqu'un.

— Écoute, je sais ce qu'il te faut. Je t'envoie les coordonnées du prêtre à Paris qui est responsable des vierges consacrées, qui s'occupe de les rencontrer et de les aider à discerner si elles sont effectivement faites pour cette forme de vie. Tu lui écris de ma part, il te répondra.

— Trop bien, merci beaucoup. À plus.

Toujours en catimini, j'écrivis donc à cet homme, qui me proposa un premier appel téléphonique, que je pris soin de passer toujours bien cachée derrière mes lauriers-roses.

— Vous avez entendu une voix ? Écoutez, ça peut arriver… Vous savez, les appels de vocation, souvent ça passe par de drôles de chemins. J'ai un ami prêtre qui a décidé d'entrer au séminaire après avoir regardé *Le Seigneur des anneaux*. Mais je pense que le mieux pour votre discernement ce serait que vous partiez faire une retraite, et que vous parliez à un prêtre en qui vous avez confiance, quelqu'un qui vous connaît… Je pense que c'est vraiment la première étape pour vous. Et puis, à la fin du confinement, je pourrai vous faire rencontrer une vierge consacrée, comme ça vous pourrez discuter, elle vous parlera de sa vocation, et vous pourrez lui poser toutes les questions que vous voulez.

Alors, toujours en plein confinement, j'écrivis à Camille qui m'avait fait découvrir l'abbaye de Lespry :

— Ça te dit une petite virée chez les frères ?

— Carrément ! Mais après le confinement ?

— Non, on peut y aller maintenant, les personnes handicapées ont le droit de se déplacer...

— Ça serait ouf ! J'en ai trop marre d'être enfermée, en plus. Si tu me fais une attestation, j'arrive ! Et c'est sûr il n'y aura personne, on sera accueillies comme des princesses !

*

— Charlotte ! Camille ! Quel bon vent vous amène ?

Le père Théophile accourait à notre rencontre en traversant la grande cour de graviers, dans un frémissement de soutane blanche, le visage toujours illuminé d'un grand sourire derrière ses petites lunettes d'ecclésiastique.

— Avec les frères nous sommes très heureux de vous recevoir, la période est vraiment difficile pour nous... C'est très dur de ne plus pouvoir aller à la rencontre des gens et de devoir rester enfermés ici sans pouvoir célébrer la messe ni visiter les malades. Mais la bonne nouvelle, c'est qu'on a fabriqué des rampes partout pour vous ! Je vous laisse vous installer, on se parlera demain.

Le lieu était encore plus beau, désert et silencieux que la dernière fois. Pendant les offices, je cherchais du regard le frère Pierre qui nous avait fait visiter le cimetière et le jardin, mais je ne parvenais pas à l'identifier parmi toutes ces silhouettes uniformes.

— Malheureusement le frère Pierre est très fatigué... Il souffre d'une tumeur au cerveau. Parfois, il est en pleine forme et vaque dans le jardin, mais souvent il est trop fatigué pour venir prier avec nous. Ça dépend des jours.

Trois jours ici équivalaient à trois semaines de vacances. C'était vraiment magique. Je repensais à toutes les personnes qui depuis que j'étais née avaient prié pour moi, du fait de mon handicap. Et je finis par me demander si ce n'étaient pas toutes ces prières et toutes ces grâces qui m'avaient conduite à me laisser réconcilier avec la religion, puis avec l'Église, malgré tous ses défauts visibles, au point d'être prête à consacrer ma vie à Dieu. Comme une sorte de dérèglement, d'overdose de grâce. En discutant avec le père Théophile, je fus rassurée qu'il ne me traite pas de folle. Mais je repartis sans qu'il m'ait donné de réponse précise. Je compris plus tard que c'était afin de pas brusquer ma liberté qu'il ne s'était pas prononcé sur ce que je devais faire, car c'était ma décision et personne d'autre ne pouvait la prendre pour moi. Toutefois, il me donna ce conseil :

— Je pense que c'est mieux de ne pas trop en parler. La réaction des uns et des autres pourrait vous influencer dans un sens ou dans l'autre. Pour rester libre jusqu'au bout de prendre la bonne décision, attendez un peu.

*

Il était déjà l'heure de repartir, et Camille et moi retournâmes dans la cour rendre les clés de notre chambre. J'étais triste de ne pas avoir croisé le frère Pierre. Mais au dernier moment, alors que mon gros sac était déjà bien attaché dans mon dos et que nous nous apprêtions à retourner à la voiture garée le long du cimetière, il apparut !

— Bonjour frère Pierre ! m'écriai-je.

— Bonjour jeune fille... Comment vous appelez-vous ?

Il ne se souvenait pas de moi. Lui qui m'avait tant marquée. J'étais un peu vexée.

— Charlotte. Vous vous souvenez, on s'est vus il y a deux ans. Vous nous aviez fait visiter le cimetière et parlé du frère Vincent.

— Pardonnez-moi. Je n'ai plus toute ma tête. Je ne me rappelle pas. Il ne faut pas vous vexer.

— Aucun problème. En tout cas je garde un très bon souvenir de ce moment. J'ai beaucoup pensé à vous depuis, et je suis contente de vous croiser juste avant de partir. À bientôt j'espère.

Cette fois-ci, il était vraiment temps d'y aller. Mais arrivées à la voiture, une voix retentit :

— Charlotte ! Charlotte ! Attendez ! Pardon. Je suis vraiment bête. Évidemment que je me souviens de vous ! Votre nom est sur ma liste d'intentions, et tous les soirs je prie pour vous, mais j'avais oublié votre visage. C'est à cause de ma tête... Charlotte, j'ai un message pour vous.

C'est formidable que je vous voie aujourd'hui. Hier justement je priais pour vous, sans savoir que vous étiez là, et le Seigneur m'a dit de vous dire ceci, mais je ne sais pas si ça va vous parler : « Votre vocation, Charlotte, c'est d'attirer les grâces et de les redistribuer autour de vous. »

Je n'avais pas besoin d'une réponse plus précise que celle-ci. Je repartis en ayant trouvé ce que je cherchais ici, confiante dans la direction que je m'apprêtais à prendre.

*

En revanche, j'avais clairement décidé de ne pas écouter les conseils du prêtre, et je ressentais le besoin de parler de mon appel autour de moi, au risque de dissimuler une part trop importante de ma vie aux gens que j'aimais. Mais je redoutais beaucoup leur réaction, car j'étais majoritairement entourée de personnes qui ne partageaient pas du tout ma foi, voire y étaient hostiles.

— T'es dispo pour qu'on aille boire un verre ? Ça fait longtemps. Y en a marre du chômage partiel et des visios. On se retrouve sur une terrasse ? J'ai quelque chose à t'annoncer.

— Ouh là. Qu'est-ce que tu vas me dire ? J'ai deux hypothèses. 1. tu vas te marier, 2. tu vas rentrer dans les ordres. Te connaissant, je penche plutôt pour la deuxième.

Kevin me connaissait vraiment par cœur. Et pourtant il n'était pas du tout familier de ce genre d'histoires, il n'était pas baptisé et n'avait jamais mis les pieds dans une église. Il avait plutôt tendance à se moquer allègrement de moi parce que j'allais à la messe le dimanche et à des groupes de prières bizarres avec des jeunes. Rock'n'roll. Mais depuis que j'avais commencé à en parler autour de moi, je n'avais de cesse d'être émerveillée et infiniment soulagée par l'ouverture d'esprit des gens, voire par leurs encouragements, et ce, à tous les âges et dans tous les milieux. Souvent, les mêmes questions revenaient :

— Mais concrètement, si jamais demain tu tombes amoureuse d'un mec, tu peux quand même arrêter ton truc et te maquer ?

— Bah c'est comme un mariage, quoi. Toi aussi quand t'es marié, tu peux toujours décider de partir avec une autre que ta femme… Mais bon c'est pas l'idée. Tu te maries pour que ça dure, même si vous tombez amoureux ailleurs. Bah là, c'est pareil.

— Mais concrètement, tu vas faire quoi ?

— Bah rien. En fait ça change rien. Et en même temps ça change tout...

*

Après des mois de discussions, de retournements de situation, d'ascenseurs émotionnels et de doutes, j'avais pris la décision de confier les rênes de Wheeliz à APF France handicap, la plus grosse association historique de défense des droits des personnes en situation de handicap, et de faire une pause le temps de trouver ma prochaine mission professionnelle. Je partais confiante, l'aventure continuerait sans moi, mais je me sentais aussi un peu nostalgique de ne plus pouvoir jouer la carte magique de l'entrepreneure handicapée. J'allais redevenir une simple étudiante anonyme et mettre à profit ce temps en m'inscrivant à temps partiel en licence aux Bernardins, afin de plonger dans les études de théologie et de philosophie, ce qui me permettrait d'approfondir mon discernement tout en me donnant un rythme et des objectifs. Mais depuis que j'avais perdu la capacité de manger seule, je n'étais jamais retournée au bureau, et personne d'autre que mes amis ou ma famille ne m'avait donné à manger. Heureusement, là-bas, j'allais retrouver Adrien, qui était étudiant et séminariste en stage les week-ends dans ma paroisse du 19ᵉ, et qui m'avait rassurée :

— Inscris-toi le mardi. Le mardi on déjeune tous ensemble, et je pourrai t'aider.

Pendant un an, je l'ai retrouvé dans le hall, soulagée qu'il vienne à mon aide. Il portait mon plateau jusqu'à notre table, et prenait toujours soin de calculer avec soin la bonne taille des fourchettes pour ne rien faire tomber, tout en me présentant ses copains.

— Tu veux que je te relaie, Adri ? J'ai fini si tu veux... demandait timidement l'un d'entre eux.

Alors nous échangions en regard interrogateur, lui soucieux de respecter ma pudeur, et moi un peu inquiète que quelqu'un d'autre que mon ami prenne la relève. Mais petit à petit, j'apprenais à me laisser faire, à me décrisper, et à accepter que des inconnus me donnent la becquée. Jusqu'au jour où il m'annonça qu'il partait faire ses études à Rome et qu'il ne serait plus là, à aucun moment. Privée de toute ma sécurité, je fus alors contrainte de faire une expérience transformante : celle de mendier.

Tous les mardis, je me mettais dans le hall, et espérais en silence qu'un étudiant dévoué et attentionné se proposerait de me nourrir. Et aujourd'hui encore, je me rends compte à quel point cette expérience m'a fait grandir, m'apprenant à m'abandonner à la providence et à la charité. Et surtout à quel point cette situation a priori désagréable et un peu humiliante m'a permis de tisser des liens d'amitié en ouvrant un espace insoupçonné à la rencontre. Si j'avais pu manger seule, je ne suis pas certaine que j'aurais développé les mêmes relations. Je repensais à la phrase que le père Martin m'avait dite avant le sacrement des malades : « Votre maladie nous permet de vous aimer, car elle nous permet de nous donner. » Et au fond, je me dis que cela faisait peut-être du bien à ceux qui se dévouaient, car cela les mettait en situation concrète de servir plus pauvre qu'eux, de manière très incarnée. Dans le corps. Par la nourriture.

Jusqu'au jour où mon téléphone sonna, annonçant la fin de ma mendicité :

— Bonjour Charlotte, c'est Hélène. Je ne sais pas si vous vous rappelez de moi, on s'est rencontrées à un salon Autonomic, je vous avais montré le bras robotisé.

— Ah oui ! Je me rappelle très bien !

— Je vous appelle parce que nous avons lancé une grande étude pour mesurer l'impact du bras dans la vie des potentiels bénéficiaires, afin d'envisager un éventuel remboursement par la sécurité sociale. Et c'est à ce titre que je vous contacte aujourd'hui, car je recherche des personnes qui accepteraient que je leur installe le bras pendant deux ou trois mois, le temps de le tester, et de répondre à quelques questions.

Je n'en revenais pas. C'était vraiment un appel tombé du ciel. J'allais pouvoir à nouveau goûter à la liberté de boire, manger, attraper des objets. Je me dis que le miracle que j'avais demandé allait peut-être se réaliser, mais d'une manière différente de celle que j'avais imaginée. Peut-être que je n'allais pas guérir, mais que le Seigneur allait tout de même me permettre de retrouver mes bras. Je me voyais déjà peindre, devenir une grande artiste et vendre mes toiles robotisées pour pouvoir financer l'achat de cet appareil merveilleux. Je trépignais d'impatience. Il me fallait juste attendre cinq mois.

— Tu vas vraiment être la bonne sœur la plus cool que je connaisse, m'avait dit mon pote Maxime. Une bonne sœur sur roulettes, avec des baskets léopard, un chien assistant et un bras robotisé, c'est ouf, on dirait un personnage de BD.

*

Avant l'installation du bras, j'avais dû définir avec un ergothérapeute une liste de gestes que j'espérais pouvoir réaliser avec, et les classer par importance.

1. Boire quand je suis toute seule chez moi.
2. Manger.
3. Déplacer des objets sur une table (attraper un livre, etc.).

4. Tenir mon téléphone pour prendre des photos.

5. Peindre.

Le jour tant attendu de l'installation, je fus très surprise par la taille de l'objet, qui m'apparaissait démesuré à côté de mon petit corps humain. J'étais sur le point de me retrouver armée en permanence d'une grosse grue noire, et m'inquiétais de doubler de volume, devant déjà perpétuellement être augmentée d'un fauteuil électrique et d'un labrador. Mais c'était comme tout, j'allais bien finir par m'y habituer… Je me demandais tout de même si les enfants du soutien scolaire n'allaient pas avoir peur de moi !

Non, la liberté valait sûrement bien plus que ces considérations esthétiques…

Avec la commande de mon fauteuil, je pouvais actionner le bras comme je voulais, mais il fallait décomposer chaque mouvement : en avant pour allonger, clic pour changer de mode, à droite pour tourner le poignet, clic pour changer de mode, en avant pour écarter les doigts, clic pour changer de mode, en arrière pour fermer les doigts, clic pour changer de mode, en avant pour lever le bras, clic pour changer de mode, en arrière pour le rapprocher de moi, etc. Mieux valait ne pas avoir trop soif dans l'immédiat. Je repensais à toutes les fois où j'avais dû changer de fauteuil et m'habituer à de nouvelles fonctions qui étaient maintenant totalement automatiques, j'étais donc assez confiante dans ma capacité à gagner en vitesse malgré toutes ces étapes. Mais si je ne l'avais que pour deux ou trois mois et que je devais entamer et clore une carrière d'artiste peintre dans cet intervalle, j'allais avoir un peu de boulot. Sur les conseils d'Hélène, je commencerais par des choses basiques comme attraper mon mug de café et le porter à mes lèvres.

En une semaine, je me suis ébouillantée trois fois, cogné les dents dix, et même étranglée en avançant la main robot trop près de ma gorge. Les premiers jours, j'analysais l'intégralité de mon environnement en me demandant quel objet était attrapable ou non à mon niveau débutant. J'étais comme une gosse de 6 mois qui a envie de tout saisir. Sauf que j'avais 33 ans. Mais assurément, je savourais avec délectation le bonheur de boire ma tisane chaude, le soir, à mon rythme, dans le silence de la solitude que j'habitais pour la première fois, pendant que la jeune fille qui m'aidait d'ordinaire sortait désormais promener le chien.

Seulement, une fois le bras déployé, je me retrouvais barricadée derrière, enserrée par cette barrière mouvante qui stationnait au niveau de mon visage, imposant une distance certaine avec mes interlocuteurs. La plupart du temps, mes voisins de table, me voyant mettre plusieurs minutes à essayer d'attraper mon verre d'eau, finissaient par capituler et me proposaient leur aide immédiate. Alors je commençai à me demander si mon rêve d'autonomie n'était pas un projet très égoïste et résolument absurde, dans la mesure où demander à quelqu'un de me donner à boire était non seulement gratuit mais surtout bien plus efficace.

Puis, un jour, la réponse m'apparut évidente. J'avais suffisamment progressé pour pouvoir manger une barre de céréales seule à l'intercours. Seule. Voilà mon nouveau drame. Sans le bras, j'aurais certes dû demander à un camarade de me donner à manger, mais nous aurions passé ce temps *ensemble*, à discuter et à échanger.

Tandis que ma nouvelle autonomie acquise à la force d'un poignet robotisé me privait de liens humains. Ruminant mes flocons d'avoine, j'étais en train de prendre conscience que je préférais être dépendante mais entourée plutôt qu'autonome mais seule.

La dépendance était une grâce parce qu'elle était intimement liée à la notion d'altérité. Et ce lien à l'autre, c'était ma seule vraie nourriture.

En fait, ce rêve d'autonomie n'était pas pour moi.

*

J'avais gardé un souvenir plutôt mauvais de Lourdes, alors j'avais décidé d'y remédier et de tenter l'expérience à nouveau. Avec Laura qui m'accompagnait, nous avions donc entrepris de nous inscrire pour le pèlerinage du 15 août. Mais assez vite, je fus bien embarrassée, car le site internet me posait une question métaphysique à laquelle j'étais incapable de répondre : « Souhaitez-vous vous inscrire en tant que pèlerin malade ou handicapé ? »

J'ai coché et décoché cette case des dizaines

de fois, ne parvenant pas à me prononcer. Non, je souhaitais simplement m'inscrire en tant que pèlerine touriste, car je ne voulais surtout pas être logée et prise en charge avec les autres malades. Moi je n'étais pas malade. J'étais un électron libre. Mais en même temps je ne pouvais pas nier le fait que j'étais bel et bien en situation de handicap. Terrorisée à l'idée de me retrouver « maladisée », je décidai alors de tout décocher, et de tout faire par nos propres moyens. Mais le bon Dieu n'était pas de cet avis…

J'avais réservé un hôtel miteux mais idéalement situé à l'entrée du sanctuaire, tenu par deux cousins très gentils mais un peu lourdauds qui n'avaient de cesse de nous pousser à accepter de boire des verres avec eux. La journée, nous pouvions aller et venir au gré des conférences et des différents temps qui rythmaient le pèlerinage, en prenant soin d'éviter de se laisser mettre le grappin dessus par un groupe quelconque qui nous prendrait sous son aile.

Un soir, lors d'une veillée de prière dans la basilique souterraine, je reconnus de loin un étudiant qui m'avait donné à manger une fois aux Bernardins. Il se tenait accroupi à côté d'une personne toute tordue dans son fauteuil, prenant soin de l'écouter et de lui offrir sa présence. C'était un tableau merveilleux, plein de grâce, de silence et de recueillement. En regardant autour de moi, j'étais sincèrement émue de voir tous ces duos formés par des bénévoles et des personnes âgées, malades ou handicapées. Des jeunes bien portants et des familles entières qui prenaient le temps, au cœur de l'été, de venir donner à boire, remettre un gilet, essuyer le visage d'une personne diminuée dans son corps, sûrement inconnue auparavant mais avec qui ils noueraient des liens éternels. Ces liens d'amitié paraissaient soudain visibles à la lumière des cierges. La joie, les sourires sur leurs visages laissaient vite entrevoir que ces bénévoles recevaient autant, voire davantage, qu'ils ne donnaient. En fait, Lourdes, c'était le monde à l'endroit : un monde où la personne fragile était toujours au premier rang et au cœur de toutes les attentions, et où tout était pensé et organisé autour d'elle.

Mais je n'avais encore rien vu.

Le troisième soir, en rentrant à 23 heures, un des hommes de la réception nous annonça une mauvaise nouvelle :

— Mesdemoiselles, on est vraiment désolés mais l'ascenseur est en panne. On essaie d'appeler le réparateur mais il ne répond pas. Vous n'allez pas pouvoir accéder à votre chambre. Si vous voulez, je peux vous porter.

Je savais bien que je n'étais clairement pas en position de faire la difficile, mais je n'avais pas du tout envie de monter deux étages collée dans les bras de cet homme… Et Laura n'avait pas assez de force pour une telle ascension. Alors je me résolus à appeler mon pote étudiant à la rescousse.

— J'arrive !

Vingt minutes plus tard, il fit une entrée fracassante dans le hall de l'hôtel.

— Vous êtes le réparateur ? demanda le réceptionniste mortifié, aux abois.

— Non, je suis prêtre, répondit-il avec beaucoup d'assurance, mais brisant les espoirs de son interlocuteur.

Après une longue concertation, forcés de constater qu'aucun hôtel ne serait susceptible de nous accueillir la veille du 15 août, date la plus chargée de l'année où des dizaines de milliers de personnes affluaient, de plus dans une chambre accessible, il prit alors son courage à deux mains et me porta sur deux étages jusqu'à mon lit.

— On verra demain, si ça se trouve ce sera réparé.

Évidemment, non.

Mais la descente fut bien plus difficile que la montée.

— En vrai, aucun problème de le faire une fois, mais je ne suis pas sûr de pouvoir recommencer tous les jours. Il faut qu'on trouve une autre solution.

— Bah oui mais quoi ?

— J'ai un moyen de te faire héberger quelque part… mais c'est à l'accueil Notre-Dame, dans le service des malades où je suis aumônier. Si tu me donnes ton feu vert, j'appelle, je demande si on peut exceptionnellement vous héberger pour ne pas vous laisser à la rue.

— Je crois qu'on n'a pas le choix…

Laura remonta faire nos sacs, et nous traversâmes tout le sanctuaire avec nos valises, prêtes à nous installer au cœur du réacteur, dans un immense bâtiment dédié à l'hébergement des pèlerins malades. Je me retrouvais très précisément là où je redoutais d'aller en m'inscrivant.

— On vous a trouvé une place dans une chambre double toutes les deux. Soyez les bienvenues ! Mes pauvres, c'est quand même pas de chance.

— Merci beaucoup. C'est vraiment sympa de nous recueillir comme ça, en plus avec le chien et tout.

— Aucun problème. Vous prendrez vos repas avec nous ? Le dîner est à 18 heures.

Je dus contenir une moue désapprobatrice à l'évocation de cet horaire digne d'un EHPAD, avant de consentir pauvrement.

— Oui bien sûr.

Et là tout bascula. Je découvris le vrai visage de Lourdes. Celui de Catherine, 54 ans, prostrée dans son fauteuil roulant, abandonnée par toute sa famille, mais qui venait chaque année retrouver les bénévoles qui s'occupaient d'elle fidèlement, heureuse de goûter à ces moments de joie et de partage. Celui de Raymond, 40 ans, qui avait des mouvements et une élocution très difficiles, mais qui prenait le numéro de téléphone de toutes les personnes qu'il croisait, avant d'aller leur acheter une petite médaille en cadeau, avec ses économies. Celui de Huguette, 87 ans, qui ne faisait que dormir sur son brancard, mais soudain s'animait au moment de passer à table et de boire un petit verre de rouge. Et surtout celui de Lorraine, 23 ans, qui ne pouvait pas du tout parler, s'exprimait en faisant des dessins et des coloriages, mais connaissait chaque personne du service comme si c'était un membre de sa famille. Quand elle nous vit arriver avec Laura et India, elle se précipita vers nous, enchantée d'avoir deux nouvelles sœurs et une amie à quatre pattes. Avec des gestes un peu cryptiques, elle nous fit comprendre que nous n'avions le choix que de nous asseoir à côté d'elle à table. Et quand elle vit Laura couper un morceau de poisson pané et me le mettre dans la bouche, aussitôt elle se leva, s'empara de sa fourchette, piqua un nouveau morceau dans mon assiette, et le porta à mes lèvres avec des yeux pleins d'étoiles et un sourire jusqu'aux oreilles. Trop heureuse d'avoir pu m'aider, elle quitta alors la table et fit le tour de tout le réfectoire, interrompant toutes les discussions, pour expliquer, comme elle pouvait, à sa manière, qu'elle venait de me donner à manger et qu'elle était fière. Tellement fière.

Pour une fois, elle avait pu passer de l'autre côté du miroir. Quitter sa position de jeune fille fragile et assistée, pour m'aider et me nourrir.

Et là je sus, au plus profond de mon cœur, que le miracle que j'espérais depuis plus de deux ans venait de se produire. Ici, à Lourdes. J'étais heureuse. Tellement heureuse. Grâce à ma maladie et à mon manque d'autonomie, j'avais permis à une personne qui brûlait d'envie de se donner de pouvoir le faire. C'était à ça que ma nouvelle dépendance servait. Et devant la lumière qui avait jailli du visage de Lorraine, je ne pourrais plus jamais en douter ni même désirer autre chose.

Alors, avec beaucoup d'émotion et de reconnaissance, je compris que ma place était vraiment là, parmi les malades, et que moi aussi, par mon corps fragile, je pouvais apporter la joie et l'amour.

*

Le 1er mai 2022, les cloches de la basilique Saint-Denis sonnèrent, indiquant qu'il était temps que je commence à m'avancer dans la grande allée. J'avais demandé à être escortée par des personnes qui avait compté dans mon chemin de foi : Camille, qui s'était occupée de moi pendant des années et qui m'avait fait découvrir l'abbaye, Alice, une grand-mère sénégalaise avec qui j'avais noué une grande amitié en discutant régulièrement au téléphone pendant le confinement, et Céline, que j'avais rencontrée par les vierges consacrées. Morte de trac, mais fortifiée par la présence de toutes les personnes qui s'étaient déplacées, je m'avançai vers l'autel en songeant à quel point il était improbable que tous ces gens qui n'auraient jamais dû se rencontrer se retrouvent ici aujourd'hui. Mes copains de lycée avec qui j'avais fait les quatre cents coups, mes potes de la pub décorés de leurs plus beaux tatouages et chaussés de leurs plus belles baskets, les enfants du soutien scolaire, Elias mon copain syrien à côté de Pauline ma pote de prépa, toute ma famille de sang assise à côté de ma grande famille de cœur, les personnes exilées qu'on avait hébergées à la paroisse et avec qui j'avais gardé des liens, sans oublier mes anciens salariés et associés qui étaient devenus des amis. Devant toutes ces personnes un peu perplexes face à la bizarrerie de l'engagement que je m'apprêtais à prendre, mais curieuses de voir à quoi pouvait bien ressembler ce drôle de mariage mystique qui allait faire de moi une vierge consacrée, je m'apprêtais à dire oui pour toujours à la place que le Seigneur avait préparée pour moi. Les percussions de la chorale africaine sous les voûtes millénaires de la cathédrale où reposaient les rois de France, dans des reflets de lumière arc-en-ciel, suffisaient à emplir mon cœur de joie. Et au milieu de la messe, quand l'évêque éleva la grande hostie blanche au-dessus de l'autel en proclamant au nom de Jésus : « Ceci est mon corps, livré pour vous », j'étais fière et heureuse de pouvoir répondre dans le secret de mon cœur à Celui que j'épousais, entourée par toute l'assemblée chamarrée que nous formions ce jour-là : « Moi aussi, ceci est mon corps », et de plonger dans ses bras.

Composition Maury-Imprimeur

Cet ouvrage a été achevé d'imprimer sur Roto-Page
par l'Imprimerie Floch à Mayenne
pour le compte des Éditions Grasset
en février 2024

PAPIER CERTIFIÉ

Grasset s'engage pour l'environnement en réduisant l'empreinte carbone de ses livres. Celle de cet exemplaire est de :
300 g éq. CO_2
Rendez-vous sur www.grasset-durable.fr

N° d'édition : 23119 – N° d'impression : 104257
Dépôt légal : mars 2024
Imprimé en France